人生最難得有情

【作者簡介】

曾仕強教授

英國萊斯特大學管理哲學博士，台灣交通大學教授、興國管理學院首任校長，現任台灣師範大學兼任教授。人類自救協會理事長、新人類文明文教基金會董事長。

曾教授是一位學貫古今的著名學者，幾十年來一直醉心於中華文化和西方現代管理哲學之研究，在國學、企業管理、哲學、教育等諸多領域皆有極高的造詣。３０年前，世界５００強企業尚無中國公司的影子，他就提倡『中國式管理』，被譽為【中國式管理之父】至今，他在全球做了５０００場以上的演講，是臺灣生產力中心調查最受企業界歡迎的十大講師之一。

曾教授應大陸中央電視台邀請，到百家講壇講述「經營之神胡雪巖啟示」、「易經與人生」收視率破全國之冠；二〇〇九年十月曾教授又應百家講壇之邀講述「易經的奧秘」，更是佳評如潮。

著有：『易經真的很容易』、『走進乾坤的門戶』、『人人都不了了之』、『易經的中道思維』、『中國式管理』、『總裁魅力學』、『樂天知命的無憂人生』、『修己安人的領導魅力』……等數十種。

劉君政教授

美國杜魯門州立大學教育行政碩士，台灣師範大學教育學士。

歷任台灣師範大學、彰化師範大學、高雄師範大學教授，胡雪巖教育基金會理事。

前言—代序

據漢朝司馬遷在『史記』中所記載伏羲氏畫八卦、周文王重卦的時間推而估之，分別約於距今六千四百年前和三千四百年前，雖然此論點曾引發若干爭議，卻也獲得不少學者的引用。一九七二年，美國亞利桑那州在建設高速公路時，挖掘出許多零碎的陶片，經考古學家証實，是古印地安人的彩缽，上面刻有易經的圖形。長久以來，考古學家對愛斯基摩人、印地安人、蒙古人的高度相似非常感興趣，認為在七千多年前，冰河期結束之後，白令海峽曾經出現陸地。中華民族便由亞洲中土，跨越白令海峽，而到達美洲。美國和中南美洲都有印地安人，即為中國上古半坡氏族的移民。如此一來，便打破了司馬遷的推論，將易經的起源，推早到距今七千多年前。而八卦和六十四卦則是同時出現，並非到了周文王時才有重卦。

但不論如何，易經六十四卦是定數，並沒有人提出異議。而且序卦傳說明易經分為上下兩篇，上篇自乾坤到坎離，下篇自咸恒到既濟、未濟，迄今也沒有變動。咸卦要義，在男女感情融洽，彼此感動，由戀愛而結婚。恒卦主旨，則在婚後成為夫婦，必須愛情有恆，以期白首偕老。乾坤為萬物的父母，是宇宙生生不息的根本。咸恆是人道的開始，也是男女結合為人父母的奠基。關鍵在於彼此具有深厚的感情，先由男感女悅發生交流作用，再以正常的情感永恆地持續發展，然後以此情引發他情，做出多面向的貫通。各種感情交互錯綜，相依相結，構成夫婦、父子、兄弟、朋友、君臣等倫理關係，並推而廣之，逐漸擴展為對先人之情、古人之情、萬物之情、歷史文化之情。

欲望和感情，原本就是人類與生俱來的稟性。生存欲望、異性欲望、權力欲望和合群欲望，產生各種感情。其中的異性欲望，不但求愛，而且貪愛。愛一個不夠，還要多愛幾個。自己多愛幾個沒有關係，別人卻不可以。

感情是大家所愛，卻由於具有偏道的傾向，很容易走向極端，也就是絕對的情感，而為大家所惡。現代人把感情稱為愛心，認為自己的所作所為，全部出於愛心，然而若是別人做出相同表現，則是不可否認的做秀。男人有婚外情，會推說自己只是犯了天底下男人都會犯的錯；女人有婚外情，卻總是成為萬惡不赦的離婚要件。很多人把這種差別待遇，歸咎於男女不平等。然而只要深入思慮，就不難明白原來是偏道的感情，因為女人的醋勁，並不比男人小。中國人常說「最毒婦人心」，大多表現在情死與情殺的具體行動上，遠比「無毒不丈夫」還要來得慘烈。

易經的主張是「人生難得有情」，而這個「情」必須發揮在中道上。幾次出現「貞」字，後來稱為「貞操」，便是合理的可貴操守。唯有男女雙方，都堅守貞操，愛情才會走上中道，而且持之有恆。咸（ㄒㄧㄢˊ）卦（䷞）的意思，即為男女交感，倡導彼此的感情，都應該立足於貞正的道理，所以卦辭明白指出「亨、利貞」說明男女的異性感情，可以亨通地交流，但是雙方堅持合理的貞操，對男女都十分有利。

現代人積非成是，看到這樣的主張，大多視之為老掉牙的觀念，已經不合時宜。實際上人類的婚姻危機重重，衍生很多難以解決的問題，冷靜想想，咸恆兩卦為何會被列為人道之首，必然有其意義與啟示。

「婚姻是愛情的墳墓」成為現代人只談戀愛、不結婚的藉口，其實這是一種不負責任的表現。若是再加上只結婚、不生育子女的「頂客族」理論，相信人類在不久的將來就要自我滅絕了！

易經以自然的山澤二氣通而相應，推論男女交感的正當道理，並且擴大到聖人感化人心而促使天下和睦平安其主因是出於情的合理化，能將絕對或偏道，轉化為相對或中道。唯有深入體會易理，用以指導自己的感情，人類的婚姻才能正常化，家庭才能產生正當的功用，使我們安居樂業，生育子女，發揮家和萬事興的真正功能。

情是可貴的，但是偏道或絕對的情，又常常使人對情喪失了信心。殊不知對情失去信心，便是對人沒有信心，人而無情，又有什麼資格稱之為人？我們最好提高警覺，因為自己也是人，倘若對人失去信心，便是對自己失去信心。現代人重視自信，卻不敢信人，豈不可笑？追本溯源，應該是「謙」德出了問題，使「謙虛」和「自信」，嚴重失去了所應有的平衡。

為了以理智指導感情，使可貴的情走上中道，我們必須重視謙卦（䷎），因為它是易經的核心。易經六十四卦當中，只有謙卦六爻皆吉，一路吉順，至為難能可貴。常言道：物極必反，然而謙道卻是罕有的例外。有人說：「過分謙虛是種虛偽」，其實這就是不明白謙道的真諦，若能早點將『易經』的道理搞清楚，就不會再犯這樣的錯誤。謙德的主旨即在「不虛偽」，而謙卦的用意，在於解說「謙恭、和平、禮讓」的道理。現代人重視競爭，經常會輕忽謙德，殊不知在團體之中，若是一昧講求競爭，勢必人人爭強好勝，何以和睦相處？同事之間，人人想踩在別人頭上，笑裡藏刀，又怎能夠同心協力？

我們常說「謙謙君子」，很少人知道「謙謙」是兩重謙：一是「艮謙」，一為

「坤謙」。實踐艮謙比較容易，所以大多數人，一輩子以艮謙自限，認為已經受盡委屈、謙得不能再謙。然而若是有了這樣的想法，便將永遠無法領悟到坤謙的境界，是何等的和順自然，謙到連謙都忘記了，可以說是謙的至高境界。

孔子是具有「溫良恭儉讓」美德的聖人，他所說的：「唯女子與小人為難養也，近之則不遜，遠之則怨」，一直被曲解為對女子具有偏見。其實後半句所列舉「近之則不遜，遠之則怨」的限制條件，如果發生在任何人身上，都是屬於「難養」的族群，女子如此，男子中的小人也不例外，因為這種人不知恭敬禮讓，欠缺謙德的修養，相信誰都不會喜歡與之交往親近。

人人重視謙德，社會才會和諧。自己修養謙德，內心自然喜樂。謙卦之後出現豫卦（䷏），正是謙然後能豫的表示。豫卦和謙卦，彼此相綜。把豫卦按照初六、六二、六三、九四、六五、上六的次序，上下顛倒，就會成為初六、六二、九三、六四、六五、上九的謙卦（䷎），可見謙和豫的關係十分密切。只是謙重內修，自己比較容易控制，所以爻辭皆吉；豫則容易外顯，有意無意會傷害別人的感情，因此爻辭多有警語。謙卦（䷎）豫卦（䷏）、咸卦（䷞）恆卦（䷟），初六和上六都是陰爻，把陽爻包在陰爻裡面，稱為陰包陽。由於陰向內縮，而陽向外伸，兩者易於交感，大多和情有關。六十四卦之中，陰包陽的卦，一共有十五個，我們已經研討過師卦（䷆）、比卦（䷇）坎卦（䷜），而本冊即將研討咸卦（䷞）、恆卦（䷟）豫卦（䷏）、謙卦（䷎）。其餘升卦（䷭）、解卦（䷧）、小過卦（䷽）、蹇卦（䷦）、萃卦（䷬）、困卦（䷮）、井卦（䷯）、大過卦（䷛），則留待日後再逐一說明。

謙卦（䷎）的錯卦是履卦（䷉），換句話說，把謙卦六爻中的每一爻，都陰陽交換，陰變陽，陽變陰，便會成為履卦。履卦的錯卦，也就是謙卦。我們認為咸卦、恆卦、謙卦、豫卦，實際上都應該親自履行，真正實踐在自己的日常生活當中，因此我們把履卦（䷉）也一併加入研討，務求加強實踐的意識，使大家樂於實踐易理，而獲得內心的悦樂。本書一至六冊，由乾坤大門進入，來到人間的至情，重在咸、恆和謙、豫，最後以履卦做為階段性的結尾，無非是對言行一致、知行合一，抱持著高度的期望。倘若能把一到六冊重複閱讀幾遍，多加用心領悟，並將想法書寫在空白之處，以便日後再做深入的思慮。「閱讀、悦讀」，若能輕鬆愉快的心情來學習『易經』，相信效果一定會更好。尚祈各界先進朋友不吝賜教為幸。

曾仕強
劉君政
謹識於台灣師範大學

編者序

易經六十四卦分為上下兩篇，上篇自乾、坤到坎、離，由開天闢地到人類的文明昌盛，道盡了生命中而復始生生不息的演化過程與興衰。

下篇自咸、恆到既濟、未濟，由憧憧往來，慕少愛，彼此感動，由戀愛而結婚。婚後追求愛情有恆，以期白首偕老，道盡人世間的愛恨情仇與終極成敗。

人類社會追求生活享受、人生快樂，並鼓勵個人意志自由抒發，盡己所能地追求的目標；這正是易經所論定「兑」卦的意象。因為「兑」卦有愉悦、快樂的意思；「兑」字加心為「悦」，説明了在情感的表達上，就是讓宣洩的情慾恣意漫遊。「兑」加「肉」為「脱」，代表了這個時代中著重色相肉身、外在形象的特色。「兑」字加言為「説」，以言語取悦，勇於情感的表達，但卻可能流於空談，口惠卻實不至；情感間的甜言蜜語，海誓山盟，也不一定能真心實踐、全然依託。「兑」字加金為「鋭」，言辭機鋒，往往失之鋭利；情感意動消逝，也如利刃刀鋒，易傷人也傷已。道家中把情慾開口也稱為「兑」，故有「塞其兑，閉其門，挫其鋭，解其紛(排難解紛)，合其光，同其塵。」，就是叫我們謹言慎行，低調沉潛，鋒芒內斂；因「兑」容易引口舌之爭。

易經以自然的山澤二氣通而相應，推論男女交感的正當道理，並且擴大到聖人，感化人心而促使天下和睦平安，其主因是出於情的合理化，能將絕對或偏道，轉化為相對或中道。唯有深入體會易理，用以指導自己的感情，人類的婚姻才能正常化，家庭才能產生正當的功用，使我們安居樂業，生育子女，發揮家和萬事興的真正功能。

曾教授以其獨到的見解，將處於下經的咸、恆二卦，與上經的謙、豫、履三卦綜而論之，並能轉化為現代生活智慧，實為一大創舉，讓易經不再只是高深的學問，而能應用於日常生活，口惠而實至，令人讚嘆！編者有幸參予編撰，誠惶誠恐，期能為往聖繼絕學。

現代易學院系列叢書總編輯　陳麒婷

前言

代序

目錄

第一章 易經和人情有何關係？

易經的憂患意識，出乎人性的真情。
不但關懷人類，而且對宇宙充滿了感情。
人情是生活中最為溫暖的太陽，
代表美好的心，我們特別稱之為「道心」。
正道就是出於真誠的至情，所選擇的途徑，
易經倡導既中且正，鼓勵大家務必走向正道。
以人為本，必須情理並重，以求合情合理，
用理智指導人情，務期情不害理，各得其安。
情是中華民族最寶貴的文化遺產，
可惜自泰漢以後，便逐漸喪失原有精神。
尤其現代人受到西方過分重視理性的影響，
更凸顯「人心惟危，道心惟微」的困惑，令人擔憂。

一、情是美好的心即為道心

情的意思，通常指我們承受外來刺激，所產生的心理變化。我們常以七情六欲，來形容人的情緒和欲望。情緒有愉快的，也有不愉快的，都是一種心理狀態。欲望則指希望獲得滿足的心理。人的基本欲望，就是先衣食而後男女，有男女而後富貴——先希望有衣穿、有飯吃，生命得以維持。接著才談男婚女嫁，組織家庭，生兒育女，以期命脈不絕，生命獲得延續。這些欲望，我們稱為人之常情，表示人人如此，好像是與生俱來的天性。

從字形上看，「情」從「心」旁，表示和人的心理具有密切的關係。「情」的讀音，則從「青」來，含有「美好」的意思，顯示「情是美好的心」。

我們所認識的「心」，並不完全指肉體的心。肉體的心是「心臟」，是啟動全身血液循環的器官，是五臟六腑的一部分。我們所說的「心」，實際上是人與人間，一種無形的互動：哀樂相關，痛癢相切，心心相應，特別把它稱為「道心」，和一般人所說的「人心」，有很大的不同。

『書經』大禹謨有四句古話：「人心惟危，道心惟微。惟精，惟一，允執厥中。」告訴我們人心是觸發喜怒哀樂愛惡欲七情的生理心，總稱為「人欲」。當人欲過分發展時，就會變成恣情縱欲，造成敗德亂紀的現象，實在十分危險。「道心」指主宰理性的心，表現為仁義理智。當生理心愈強大時，理性心就會愈弱小，所以說道心惟微。必須惟精惟一，精察人心的惟危，堅持道心為惟一正道，才能把握恰到好處的合理點。

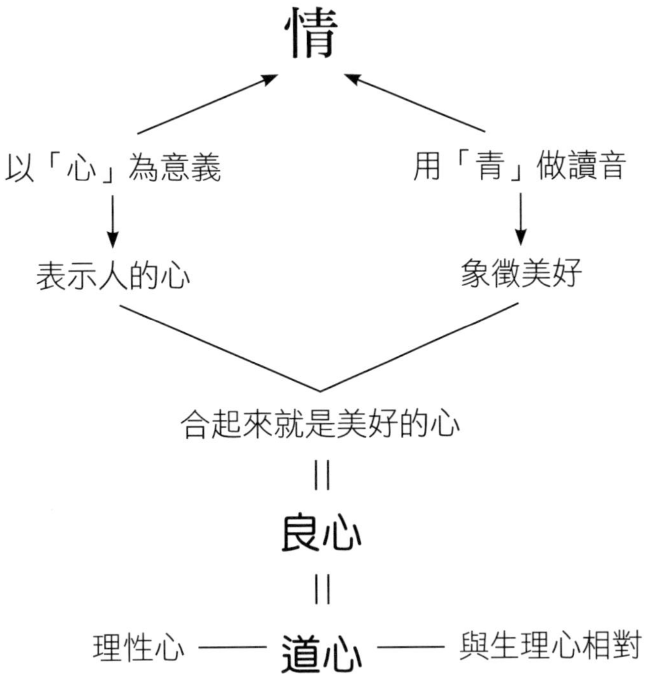
情
以「心」為意義
用「青」做讀音
表示人的心
象徵美好
合起來就是美好的心
||
良心
||
理性心
道心
與生理心相對

二、易經充滿深切關注的情

繫辭下傳說：「天地之大德曰生。」明白指出天地最了不起的德性，便是化生萬物。告訴我們：宇宙是有生命的，地球是活的，世界充滿了生機活力。這種感覺，來自於對自然的深切關注，充滿了純真的至情。

西方思想以理性為主，主張用科學的態度來征服自然。不像我們對自然採取欣賞的態度，對天地抱持無限的感謝和崇敬。繫辭上傳指出「生生之謂易」，生生不息，充滿了生氣洋溢的氣息。生生不息，帶來了無比的歡樂和希望。生生不息，象徵易經宇宙人生的一片真情。

易經是一本研究變化的書，代表一門掌握變化的學問。它所說的「變化」（變易），絕大多數以生生為目標，透過陰陽往復交易而產生作用，目的都是為了「生生」。

乾卦彖傳所說的「大哉乾元」，象徵生化萬物的開始。而「大明終始」，刻意把始終顛倒過來，便是表示終而復始，才是生生不息的真情期待。但是變化的原則，在於「各正性命」，意思是在變化的過程中，難免有失正，也就是不得其正的地方，最好各自把失正的部分，自行端正過來。由於各正性命，生生不息才有價值，也才能顯示這是天地的大德。倘若不得其正，怎麼算是偉大的德性呢？

正道就是出乎真誠的至情，所選擇的合理途徑。萬事萬物，都依循正道，表現出真情。世界美好，人類幸福，在這種情況下，生生不息的精神，便具有崇高的價值，人類的美好心情，配合天地的大德，豈不是最美的情境！

天地之大德曰生

||

天地最了不起的德性，即在化生萬物。

|

宇宙有生命，世界充滿生機活力，地球是活的。
我們對自然的深切關注，出於純真的至情。

|

大明終始，把終放在始的前面。

||

表示終而復始，對生生不息的真情期待。

|

必須各正性命，人人依正道，表現出真情。

三、情是以人為本必要條件

易經倡導人本位，認為人居天地之中，應該善盡參與天地化育萬物的責任。上天賦予人類高度的創造性，便是「人能勝天」的特殊權力。但是以人為本，必須嚴格遵守自然規律，對萬物的化育，只能「贊」不能「管」，只能「弘道」而不能「改道」，只能「助長」而不可「揠苗」。上天對人的侷限性，說起來便是一個「正」字，把它解釋為「貞於一」，合乎「止於一」的字形結構。

繫辭下傳說：「天下之動，貞夫一者也。」意思是：天地之間，萬事萬物的所有活動，都應該堅守合理的貞操，做到精誠專一的地步，那就是純真的感情。

人而無情，就會毫無忌憚地改造自然、破壞環境、征服世界。倘若深切關注宇宙自然，便會警覺自己是一個小太極，而宇宙是一個大太極。我的生命來自父母，父母的生命來自祖父母，一層一層往上推，彼此血脈相承，即使不曾共同生活，關係卻十分密切。於是不但對生的人有情，對死去的人，也會產生濃厚的感情。不但對看得見的有情，對看不見的，也同樣有情。

宇宙對我們來說，是一個大的有機體。有時太陽比較光亮，有時則月亮比較光亮。風水輪流轉，有時東方佔優勢，有時卻西方佔優勢。彼此關懷，互相包容，需要出於誠意的真情。所以人為萬物之靈，想要善盡參贊天地化育萬物的責任，必須以真情做為先決條件。「貞夫一者」也的一，其實就是純正的情，也就是我們常說的「憑良心」。人類能憑良心去深切關注宇宙萬物，自然能和諧共存而生生不息。

以人為本

創造性

可以人定勝天

：

只能「贊」

只能「弘道」

只能「助長」

侷限性

必須順乎自然

：

不能「管」

不能「改道」

不能「揠苗」

天下之動，貞夫一者也

↓

只有一條正道

：

至誠至情

四、憂患意識來自純真至情

繫辭下傳說：作易者，其有憂患乎？創作易經的人，心中應該懷有十分濃厚的憂患意識吧。憂的意思，是擔心、煩惱；患的意思，則是擔憂。憂患意識，指的是在安樂的情境下，能夠想到可能發生的困苦或危難，並且進一步設法加以預先防止。這種純正的真情，便是我們常說的「患難見真情」，提前到患難發生之前，便深切關注。

憂什麼呢？君子憂道不憂貧。人天生有七情六欲，不可能不犯錯誤。我們所要求的，並不是不犯過失，不出差錯，而是真實無妄地面對過錯，真心悔改，記取慘痛的教訓，轉化成為正面的智慧，做為今後自我成長的借鏡。易經六十四卦的卦爻辭、彖傳和象傳，最大的作用即在於此。周文王擔任西伯時，對於商紂王的殘暴暗自嘆息，被紂王的親信崇侯虎告發，於是紂王把西伯囚禁羑里，達七年之久。文王並沒有怨天尤人，心存報復，反而擔憂自己多年來實施王道的寶貴經驗，不能傳給後人。因此為易經六十四卦，分別作卦辭、定爻辭，而尚未完成的部分，則在被釋放以後，繼續和周公共同完成。主要目的，是要為日後可能發生的困苦或危難，預先提出一些警惕和建議，以幫助後人趨吉避凶。因此，當我們遇有任何困惑或苦難時，也可以研讀六十四卦中和自己遭遇的情況相對應的那一卦，從卦爻辭的提示裡，領悟參透出其中的道理，必然會對改善困境有所助益。周文王的憂患意識，使他的至情，發散在卦爻辭中，深深地感動著後代子孫。我們最好秉持這種精神，發揮深切關注的真情，使易理有所大用。

憂患意識

憂什麼？
憂道不憂貧。

防患什麼？
防止可能發生的困苦危難。

易經的卦辭、爻辭
：
充滿了周文王的憂患意識，
深深地感動後代子孫。

五、情是中華文化精神命脈

西方思想的源頭在希臘。蘇格拉底（Socrates 470-399）和柏拉圖（Plato 420-348），都以理性為主。認為人是理性的動物，近代西方哲學對理性更加發揚，影響所及，西方人普遍缺乏人情味，凡事依法辦理，人與人之間，禮貌重於感情，談不上真誠關懷。

中華民族深受易經的影響，尤其是儒家，更是重視生命的情調、做人做事的情操。以及對宇宙萬物的真情。但是，我們最好不要忘記，自秦漢以後，儒家人情至上的思想已經失傳。宋明理學逐漸離開情而偏向理，使得情理混淆不清，這才不幸造成很多偽君子、假道學。民間經由唐詩、宋詞的薰陶，對於情的發揚光大，仍然保留很多的情份。由於所學和所想產生愈來愈大的距離，以致言行不一。嘴巴上說的是理，而心中想的卻大多是情。因此我們的純真感情大受扭曲，使我們在許多方面產生了不必要的痛苦。

旅居海外的華僑，常有落葉歸根、返回故鄉的念頭。這種故土之情，令人十分感動。然而，卻經常拿西方的觀點，來批評我們的人情世故，認為是阻礙進步、現代化緩慢的絆腳石。矛盾的心理，不合適的評論，才造成今日的人情莫衷一是，不知如何是好的窘困。

情是中華文化最為可貴的遺產，也是中華文化的精神命脈。人而無情，何以為人？可惜現代受到西方的影響，我們只有家人親情和公務關係。至於祖先之情、歷史文化之情、宇宙自然之情，甚至是人與人間的真情，已經是愈來愈淡薄，難怪大家的生活情趣，也隨著愈來愈苦悶。

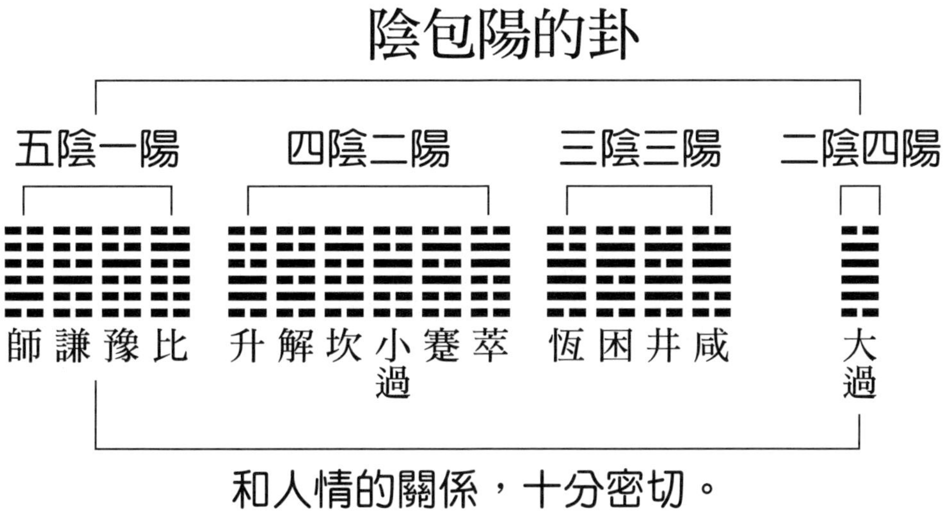
陰包陽的卦
五陰一陽
四陰二陽
三陰三陽
二陰四陽
師 謙 豫 比
升 解 坎 小過 蹇 萃
恆 困 井 咸
大過
和人情的關係，十分密切。

六、情是人類精神病的良藥

由於西方人從希臘的認知理性，逐漸演變成為現代資本主義社會的工具理性，凡事講制度，一切求量化，以效益來衡量，完全拿外在的價值，取代人類生命自身的德行。西方人習慣於向外看，又相信看得見的事物，因此很不容易內省、內觀，也就是向內看，也不相信世間除了看得見的事物之外，還有看不見的東西，甚至於宗教信仰，也力求科學化。這種唯科學主義的態度，造成所有知識，都是用來增加爭奪的能力，還美其名為「知識經濟」，迫使人類不得不一切向錢看，笑貧不笑娼。大家只重視肉體的享樂，卻無能關照自己的內心。人生在世，誰能無憂？誰能不鬱？現代醫學，開設憂鬱症門診，果然門庭若市。真正的生理病患，其實並不多，大多數是精神方面的問題，卻求助無門。人類需要自救，以求及早從西方物質文明的陷阱中掙脫；必須返本歸元，先安自己的心，安自己的情。我們常說二十一世紀人類最要緊的是：用易理救自己，便是在重視良知、良能的現代世界，趕快把良心找回來。

人情是良心的具體表現，也是憂患意識的落實成果。以良心為基礎，所有良知、良能才能有真正的效用，確實用來造福人群社會，而不是逼迫人類自我毀滅。

武器愈來愈厲害，瘋子愈來愈多，那一天不幸瘋子動用了武器，人類如何應付？都市人口愈集結愈多，精神病患者也愈來愈靠近大眾，人類的安寧，誰能保障？人情世故只要求其合理，非但不可怕，而且還可以拯救現代人類。

現代人類致病因素

生物性因素
佔 1/3
：
各種病原
微生物
遺傳因素

非生物性因素
佔 2/3
：
自然生態
社會環境
生活方式
醫療保健制度
文化觀念

不少西方人士，向東方哲理求寶

：

回歸自然，返樸歸真

↓

人情是精神病的良藥

我們的建議

1 六十四卦當中，初爻和上爻都是陰爻，而二爻到五爻，這四爻有一爻或數爻為陽的，稱為陰包陽的卦。以陰柔包裹陽剛，顯然比較柔性而具有人情的溫暖。

2 六十四卦中，陰包陽的卦，一共有十五個，分別為師卦（䷆）、謙卦（䷎）、豫卦（䷏）、比卦（䷇）、升卦（䷭）、解卦（䷧）、坎卦（䷜）、小過卦（䷽）、蹇卦（䷦）、萃卦（䷬）、大過卦（䷛）、井卦（䷯）、困卦（䷮）。

3 當然，最重要的，莫過於咸卦（䷞）和恆卦（䷟）。先由男女之間的感情著手，深研發乎情止乎禮的合理點，以便推而廣之，使整個社會，得以情理並重，而可大可久。人情必須接受理智的領導，務期情不害理，各得其安。

4 我們不應該不重視理性，卻應該以理性來指導感情。因為人生最重要的是生活，生活最要緊的是人情，而人情最需要的則是合理。合理的人情，能帶來安寧的人生。

5 父母子女的感情，是人間的至情，也唯有如此，孝敬父母才能成為天經地義的表現。然而父母的關係，必先經由夫婦而建立，所以夫婦關係對人類的生存發展至關重要。

6 夫婦從哪裡來？由男女戀愛，進而結婚組成家庭，才有夫婦的關係。易經上經以乾坤為首，下經由咸恆開始，表示男女有情，和天地交感同樣重要。

第二章　咸卦六爻有什麼啟示？

咸卦以人身取象，下卦三爻為下半身，
男性感覺比較衝動，務須自我約束、謹慎小心。

下卦為艮，男性要感情專一不變，
而且以靜為原則，採取合理的主動。

上卦為兑，由內心的喜悦來主導感情發展，
不得已才動口，基本原則必須是真心誠意。

上卦重心，下卦重形，
最好以形隨心，不宜以心隨形。

用理智指導感情，少女不應盲目，
咸卦無心，應可解作「無利害的心」。

由物質層面，提升到精神層面，
這樣的感情，才能同心協力，而心心相印。

一、初六爻感之始吉凶未卜

咸的意思，除了能將字形結構，拆解成「無心之感」（感去掉底下的心，即為咸）外，至少還有「和諧」、「充滿」和「減損」的意思。人類的生生不息，全賴男女好合。咸卦（䷞）的卦體，為兌上艮下。兌為陰卦，代表少女；艮為陽卦，代表少男。陰氣向下，陽氣上升，自然產生感應。卦辭說：咸，亨，利貞，取女吉。「亨」即「通」，男女兩情相悅，有感有應，自然亨通，但是必須正常才能獲得良好的結果，絕不能將無心之感，看成事出偶然，帶有舉止輕狂，甚至一時興起，便鬧出一夜情的不正當行為。「利貞」是有條件的利，也就是含有正當合理才利，否則不利的意思，並非有交感，能亨通即利。「取」和「娶」相通，「取女」便是「娶女」。男女嫁娶，應該是正大光明的結合，才合乎正道，而能吉祥。

初六爻辭：咸其拇。腳的大拇趾位於人體的末端，用來譬喻少男對少女產生好感，腳的大拇趾開始有動的感覺，想要有所行動。小象說：咸其拇，志在外也。「外」指外卦的兌，也就是少女。艮為內卦，初六與九四都不當位，所以結果如何，尚未可知。初六爻辭，並沒有吉凶悔吝的字眼，原因在於初六柔靜，也就是少男只有輕微的動作。雖然吉凶悔吝生於動，但這時候還沒有什麼較大的動作，尚無吉凶可言。換句話說，少男心有所動的時候，最好保持「腳趾能動而不能行」的原則，循序漸進，不宜衝動、魯莽、出怪招、採取劇烈行動，以免嚇壞了少女，反而不妙。

咸 ䷞

初六，咸其拇。

咸卦以人身取象，初六居全卦下位，要小心腳趾頭一動，人就要開始行動了。提醒少男不宜衝動，只看到少女美貌，青春、可愛，便蠢蠢欲動。最好自我約束，告訴自己外表不持久，很快就會消失，不如看看內涵，再做進一步的表示，以免弄假成真，對雙方都造成傷害。由於僅止於少男的心動，尚未採取行動，所以無吉凶可言。

發現心儀的對象，必須再進一步觀察為宜。

二、六二動盪不安最好安分

咸卦（䷞）彖辭說：咸，感也。柔上而剛下，二氣感應已相與，止而說，男下女，是以亨，利貞，取女吉也。天地感而萬物化生，聖人感人心而天下和平。觀其所感，而天地萬物之情可見矣。「兌」為少女，陰柔居於上卦，所以說柔上。「艮」為少男，陽剛居於下卦，當然是剛下。「二氣」指艮的陽氣上升，兌的陰氣下降，產生感應。「相與」是相親的意思。「止而說」，表示下艮為止，而上兌為悅。「男下女」，象徵下艮的少男要向上兌的少女以禮相求，不可高高在上，才能亨通。倘若上下兩卦顛倒，變成兌下艮上，那就變成損卦（䷨），不可能這麼亨通。「止」有誠懇、堅定、篤實的性質，以此感應，少女感受到深情，才會喜悅。「利貞」特別指出發乎情止乎禮的正當婚姻，才能夠真正的「取女吉」。自然界的天地感以化生萬物，人事現象同樣是以赤子之心相感應，才能和諧相處。萬物之情可以治世，人情更為珍貴。

六二爻辭：咸其腓ㄈㄟˊ，凶；居吉。「腓」是小腿的脛肉，舉步時脛肉先動，有動盪的象徵，所以凶。六二以柔爻居陰位，又居下艮的中爻，既中且正，為什麼凶呢？因為六二和九五是正應，很容易引起少男的誤會，以為少女已經動了感情，而有急躁的舉動，這才特別引以為戒。「居」是不動的意思，站在不動的立場來動，才不致亂動，那就吉了。小象說：雖凶居吉，順不害也。雖然有凶險，只要保持發乎情止乎禮的原則，便能依禮相求，得到九五的正應，順乎情理而不致傷害彼此的感情，所以說「順不害」也。

咸 ䷞ 六二，咸其腓，凶；居吉。

腓指小腿的脛肉，六二經過一番觀察，便要採取行動。然而此時卻出現了「凶」的警語，意指若是少男的動作太快了，很容易出差錯，不如稍安勿躁，再仔細觀察、多方瞭解，以保吉順。感情的發展，最怕太過迅速，好像一陣狂風，來得快去得也快，當然是凶。六二居中當位，與九五又相應，不應該過分拘謹而毫無表示，只要是發乎情而止乎禮，做出適當合理的表示，便能夠趨吉避凶。

在安分中做出合理的表示，看對方如何反應？

三、九三採取主動應求合理

咸卦（䷞）大象說：山上有澤，咸；君子以虛受人。咸卦下艮上兌，兌為澤，艮為山，有山上有澤的形象。山上的澤水，向下流動，滋潤山土。澤在山上，山土逐漸受到滋潤而有所感應，才是咸卦的真義。君子體會到忠告者的好意而虛心接納，並且要心懷感謝。

人與人間，倘若格格不入，當然感情不能融洽，相處難以和諧。必須虛懷若谷，互相接受規勸和協助，形成共識，有如山上有澤，彼此良性感應，充滿合理的人情。

九三爻辭：咸其股，執其隨，往吝。「股」指大腿，隨著小腿的脛肉而動，合適嗎？易經六十四卦當中，以人的身體取象的，有咸卦（䷞）和艮卦（䷳）。咸卦主動尚變，所以爻辭多凶、悔、吝；艮卦主止尚靜，所以卦辭多悔亡、无咎。我們常說「一動不如一靜」，並不是主張不動，而是提醒大家，動的時候，必須特別謹慎，格外小心。咸卦的下艮，象徵人的下半身。初六、六二都有欲動的徵兆，如果九三還不能自守，盲目隨初六、六二而動，必然有過失，所以說「往吝」。九三陽居正位，既剛健又與上六的陰柔相應，很容易向上而動。但是咸卦的下艮，以靜止為宜。何況九三並非自動而上，都是執於六二，等於隨著九二而動，有違陽剛的原則，不免往吝。小象說：咸其股，亦不處也；志在隨人，所執下也。「處」即靜止，小腿一動，大腿就靜不下來。六二居下艮的人位，九三隨六二而動，顯然「所執下也」，感情快速發展，合乎人性，但是男方過分主動，並不適宜。

咸 ䷞ 九三，咸其股，執其隨，往吝。

九三是大腿，倘若六二脛肉一動，九三便跟著行動起來，那就是以心隨形，過分主動，反而嚇壞對方，對感情的發展相當不利，所以說「往吝」。易經的主旨，是「形隨心」而不能「心隨形」——用理智指導感情，卻不能讓感情沖昏了頭，淹沒了理智。因此九三和上六相應，看看對方如何回應，才決定自己主動到什麼地步，只要合理，便能无咎。

依據對方的回應而合理主動，不宜強求。

四、九四堅持貞正可獲吉祥

咸卦（䷞）的九四、九五、上六，象徵人的上半身。九四爻辭說：貞吉，悔亡，憧憧往來，朋從爾思。「憧憧」是心神不定的樣子，九四居上兌的初位，與下卦相交接，象徵少女的感情初動，心神難以穩定。「朋」指初六，「爾」即九四，初六有意，九四是否有情？是男女交往的先決條件。咸卦九四與初六相應，只要堅持正當合理的貞操，自然吉順，而無所悔恨。小象說：貞吉，悔亡，未感害也；憧憧往來，未光大也。「感害」即有害於感，九四能夠貞吉，悔亡，主要是少女心中有正確的貞操觀念，不隨便接受少男的追求。依據咸卦女上男下的原則，莊重而不驕傲，尊敬而不放縱，不傷害正常的感情，也不以不正當的手段來騙取感情。心神不定地往來徘徊，便是不完全拒人於千里之外，也不輕易接受少男的情意。能夠堅持「貞正」，才可保「悔亡」。

初六拇，六二腓，九三股，也可以看成少男和少女合體下半身的圖案。如果是生理上的交感，缺乏心理上的指導，實在十分危險。六二的凶，九三的往吝，都是高度的警戒。九四的思，雖然沒有明白指出少女的心，卻已經用心神不定，來表現出無形的心。由於咸字無心，提醒大家不要居心不良，懷著壞心眼來玩弄感情，所以爻辭不用心字。

正常的感情，最好是形隨心，用理智來指導行動，不應該心隨形，由行動來控制理智。易經主張形隨心，一切行動都應該聽從正心的指揮，才正當合理，所以九三最好向上以形隨心，不應該向下隨六二而動，以免往吝。

咸 ䷞ 九四，貞吉，悔亡，憧憧往來，朋從爾思。

咸卦上兌，象徵少女的感情以心為主，只能回應，不宜採取主動。九四和初六相應，對於初六的蠢蠢欲動，當然有所感應。首先要保持貞正的操守，表現出不濫交、不放縱的態度。只能用心神不定，表示不完全拒絕，也不輕易接受，讓初六好好想一想，下一步該怎麼走？少女用心，用的不是利害的心，專就物質層面來衡量，應該以真心誠意，愛情專一為重。九四不言心，主要在求心的表現。

一切行動，聽從正心的指揮才合理。

五、九五居中得正可以无悔

咸卦（䷞）九五爻辭：咸其脢，无悔。「脢」是背部的肉，位置正好在心的反面，象徵反應遲鈍，並不敏感。九五陽剛居陽位，又居上卦的中爻，不但居中得正，又與六二相應。可惜交感時反應遲鈍，好像感應在背肉一樣。原本吉祥順利，現在只能夠无悔。所以小象說：咸其脢，志末也。從正面的心來感應，才是一片真心，繞到背後去感應，固然是無心之感，卻顯得用意淺薄。「志末」即志在微末，由於用意淺薄，以致感情也不夠深厚，只能无悔了。

下艮上兌，上兌為少女，不方便以行動表示，以免被少男視為輕挑，反而喪失好感。最好保持真心誠意，站在無心的立場來發展有心。真正掌握無心之感，主要在於不能有利害的用心，符合「咸卦亨，利貞，取女吉」的要求。

下艮為少男，容易衝動，難免見異思遷，愛情不專一。用靜止的卦象，來提出警訊：應該合理地動，而不是完全不動。因為少男不動，少女不方便動，哪裡有交感？少男亂動，少女也亂動，喜歡來電，不惜一夜情，勢必造成今日婚姻方面的紛亂，離婚率節節升高，婚外情也屢見不鮮。因利害而結合，又因為利害關係而離異。若是有心，當然十分可惡。倘若無心，豈不是開自己的玩笑。咸卦的無心之感，實在是用心良苦。包含了有心的一面，以及無心的必要。主要在用什麼心？便是我們所說的「站在無心的立場，來展現真心誠意」。這一方面，最好由少女主導，所以女子教育，從小就應該特別注重這一部分：愛情教育。

咸 ䷞ 九五，咸其脢，无悔

九五與六二相應，兩者都居中得正。表示少男、少女已有心心相應的默契。所以此時少女用背肉來回應，不是冷漠，而是稍有遲鈍，目的在於測試少男的真心。倘若反應欠佳，應該合理懷疑對方的真誠。然而，就算少男會錯意也用不著擔心，因為後面還有上六可以挽回，所以无悔。

最後的測試，仍屬必要，不宜粗心大意。

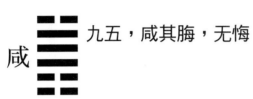

六、上六缺乏誠意有口無心

咸卦（䷞）上六爻辭：咸其輔（ㄈㄨˇ）頰（ㄐㄧㄚˊ）舌。小象說：咸其輔頰舌，滕（ㄊㄥˊ）口說（ㄕㄨㄛˋ）也。咸卦以人身為譬喻，指出人有三種主要的感受——初六咸其拇，六二咸其腓，九三咸其股，都是人下半身的感覺，比較偏重於物質層面。九四憧憧往來，朋從爾思，九五咸其脢，指心的反應，有靈敏的，也有遲鈍的。上六則說明頭部的另一種感覺，「輔」在口內，靠近牙齒的膚肉，「頰」在臉的兩旁，而「舌」也在口內，這三者相輔為用，都是言語的必要工具。所以上六的感受，主要從言語而來。「滕」的意思是施展，施展什麼呢？「滕口說」，便是施展口才。咸卦上卦為澤，為少女。九四一開始接觸到初六的咸其拇，有蠢蠢欲動的姿態，便應該以貞正的態度來回應，顯得莊重矜持。用心神不定，來回應初六的表示。九五與六二的相應，六二的凶或不凶，完全由九五來主導。九五害相思，六二就急進，遲早有凶險。九五用背肉來感應，看似反應遲鈍，對六二的考驗，才是居吉的保障。遇到真正值得喜歡的人，也就是九三並非隨六二而動，都是向上隨上六而動。採取合理的主動時，可以用適當的言語來加以回應，免得錯失良緣，造成難以挽回的遺憾。但是缺乏誠意的言語，不過是有口無心，不但不能夠感動少男，反而一開口便漏出底細，由於內涵不足而嚇走了少男。倘若真心誠意，又惟恐一句話說不妥當，鬧成僵局，甚至於破壞全局，還有最後一種辦法——把「說」字當做「悅」字解說，現代稱為「獻吻」，一吻定江山，使咸卦獲得圓滿結局，而真正「取女吉」。

咸 

上六，咸其輔頰舌。

上六是少女表示感情的最後機會，也就是動口。「輔」是口內牙齒旁邊的膚肉，「頰」指臉的兩旁，「舌」也在口內，這三者相輔為用，都在促使言語暢通。九五咸其脢，使少男卻步不前，少女冷靜觀察，覺得確實是自己心目中的白馬王子，不妨以言語相許，自然化解疑慮，實在不得已，也可以獻上一吻，以期一吻定江山。

缺乏誠意，但憑言語不過是害人害己。

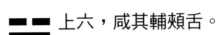

我們的建議

1 男女的感情，最佳狀態便是心心相印。咸卦用無心來提醒大家，心的感應才最為重要。用心計較對方的外表、財富，家庭背景，學歷，甚至於八字，還不如無心，以真誠相愛。有心即無心，無心才懂得真正用心。

2 咸卦艮下兑上，初六與九四、六二與九五、六三與上六，都是正應。在剛柔互動時，都有相悦的感應，實在是良好的默契，男女好合正是家庭和樂的基礎。

3 下艮代表篤實，少男能以誠實專一的心意，追求自己所喜愛的少女。上兑象徵喜悦，少女深受感動，也以喜悦的心情來回應少男。這樣的感情，彌足珍貴。

4 咸卦的道理，除了少男追求少女之外，還可以推論到長官與部屬，以及父子、夫婦、兄弟、朋友之間的互動。只要是人，用真誠的感情相通，自然和諧、圓滿，主要關鍵，即在心意相通，務求同心協力，合作無間。

5 人而無情，有如沙石。咸卦提示為人處世，都要有合理的人情，不但言行一致，表裏如一，而且將心比心，有感有應。人情只要合理，便有利無害，用不著害怕。

6 感情的可貴，在永恆。不持久的感情，很可能翻臉無情，對彼此造成很大的傷害。易經在咸卦之後，緊跟著便是恆卦，因為有恆的感情，才是人間的至情。

第三章　恆卦六爻有什麼啟示？

恆卦緊接著咸卦出現，
象徵愛情必須永恆，才見真情。

恆久需要謀合，雙方都有誠意，
不能一開始就求全責備，過於嚴苛。

夫妻平等，卻具有不同的性質，
丈夫剛中帶柔，妻子則柔中帶剛。

男性過柔，女性過剛，都不合常道，
夫婦的剛柔比例，可以自行合理調整。

恆卦上震下巽皆屬動態，
在動態中保持恆久，才經得起考驗。

從大自然的雷風相隨、雷厲風行，
體會出人的恆久真情，走上恆久之道。

一、初六急於求恆欲速不達

咸卦（䷞）艮下兌上，代表少男少女；恆卦（䷟）巽下震上，代表長男長女，意思是少男少女成婚以後的家居生活，必須持之以恆。恆是常、久的同義詞，表示持久不變的感情。

恆卦（䷟）下巽上震。震為動，表示向外發展。巽為入，象徵向內發展。向外發展的震居外卦的位置，向內發展的入位於內卦，各守本位，合乎常則，所以取名為恆卦。震和巽都是動態的，有變化，非靜止，在這種環境中，能夠恆久不變，才是真正經得起考驗的感情。所以大象說：雷風，恆；君子以立不易方。從大自然的雷風相隨，體會出恆久不變的不易精神，把它當做堅守正道的生活方式。

初六爻辭：浚恆，貞凶，无攸利。「浚」是深的意思，下卦巽為入，有深入的象徵。初六居全卦的始位，「浚恆」表示一開始就急於求深入，違反循序漸進的常理，所以「貞凶」。貞的用意，在提醒我們，把浚恆當做正常的法則，必然凶險。除非我們反過來想，經常保持合理的貞操，用以防止凶險，否則將無所利。小象說：浚恆之凶，始求深也。感情的事，最好由淺入深，彼此因瞭解而互相包容，像雷和風那樣，經常伴隨出現而不互相衝突或抗衡。倘若一開始就要求深入，相當於責善求全，實在過分苛求，所以凶險。恆的要訣，應該是一步一步加深，而不是一開始就求全責備，有時候反而令人喪失信心，等於把恆久的路阻塞斷絕了，豈不是凶險？觀察恆久的現象，學習恆久的模範，逐步走向恆久的目標，才合乎慎始的原則，能讓人愈走愈堅定。

恆 ䷟

初六，浚恆，貞凶，无攸利。

恆卦上震代表丈夫，下巽代表妻子。丈夫在上而妻子在下，不過是主伴關係，並不是男尊女卑的不平等待遇。初六是為妻之道的開始，先採取順從的柔性態度，對丈夫不要苛求，彼此逐漸由瞭解而適應，由適應而求改善。倘若一開始便求全責備，必然凶險而不利。欲速則不達，違反逐漸求恆久的原則。

一開始就求全責備，反而欲速則不達。

二、九二剛實經久守中不偏

恆卦（䷟）卦辭說：恆，亨，无咎，利貞，利有攸往。恆卦的結構是巽下震上，震動的雷位於流動的風上面，剛柔相應，彼此伴隨而不分離，象徵男女戀愛成熟，結合為夫婦，恆久相隨，永結同心，這是人間的美事，當然亨通，沒有禍害。只要雙方保持合理的貞操，自然無往而不利。元亨利貞四德，恆卦和咸卦一樣，都只有亨、利、貞，而沒有元始，表示感情並不是先天帶來，有賴於後天培養。就算真的有緣份，也需要自己去認識、尋求和努力。

九二爻辭：悔亡。小象說：九二悔亡，能久中也。「悔亡」的意思，即是悔恨消失。九二以陽爻居陰位，和初六以陰爻居陽位，都屬不當位。為什麼初六凶而九二悔亡呢？因為九二不正，卻居於下卦的中位。恆而不正，免不了凶險。倘若守中，堅持合理的貞操，那就能夠消除悔恨了。

恆卦以中為貴，倡導合理的恆久。貴中不貴正，表示九二雖然失位，卻與六五相應，彼此都合理（中），所以悔亡。初六與九四也相應，但都不居中，因此不合貴的條件。貴也不一定吉祥，九二悔亡，不過是功過相抵，能執中卻失位，談不上吉。「久」代表恆，「中」表示貞，恆久保持合理的貞操，是良好的基礎。並不能自持久中，就不重視彼此的瞭解，培養雙方的感情。除了保持貞操之外，其他言行舉止，也應該講求合理，互通適應，彼此改善，以確保真誠的恆久，才能在悔亡之餘，進而求得吉順。珍惜彼此的真心，各自以中和的態度，善意謀合，自然順適恆久。

恆 ䷟ 九二，悔亡。

全卦的爻辭，以九二為最吉。「悔亡」便是沒有後悔，主因是妻子柔中帶剛，必要時為了保持貞操，不惜以身相殉——抱持從一而終的決心，展現忠貞的精神，當然悔亡。往昔的社會環境，只求妻子堅守貞操，現代人則更進一步，要求夫妻雙方都堅守貞操，那就更加沒有什麼好後悔的了！

恆久堅守貞操，並且保持言行合理，自然守中不偏。

三、九三不守貞正承受羞辱

恆卦（䷟）彖辭說：恆，久也。剛上而柔下，雷風相與，巽而動，剛柔皆應，恆。恆，亨，无咎，利貞，久於其道也。天地之道，恆久而不已也。利有攸往，終則有始也。日月得天而能久照，四時變化而能久成，聖人久於其道而天下化成。觀其所恆，而天地萬物之情可見矣。

「恆」是長久的意思，震剛居上，巽柔居下，合乎恆久的原則。雷風相輔相成，風因雷起，雷隨風而快速，互助合作，象徵雷風相與。「巽」為順，「震」為動，巽而動，表示順著自然的原理而動，合理地剛柔相應，才能恆久。恆能亨通，主要是各自堅守合理的貞操，所以无咎。恆久並不是不變動，因為生活方式不可能不變動，但是生活的原則必須堅持不變，才是久於其道的表現。天地能夠恆久不變，正由於自然規律永遠不變。「利有攸往」的原因，即在於循環往返，終而復始。日月順天到恆久照耀，四季依規律長久地生長萬物，聖人堅守正道使天下服從教化。觀察恆久的事物現象，便能夠深刻地感受天地萬物都充滿了感情。

九三爻辭：不恆其德，或承之羞，貞吝。小象說：不恆其德，无所容也。九三陽爻居陽位，卻由於位居下卦上位，象徵急於和上六相應，不免喪失原本應有的正德。因而承受羞辱，是必然的結果。必須堅持合理的貞操，才能防止不合理的鄙棄。九三夾在九四和九二之間，孤僻無親，主要是失偏不正，才弄得無地容身，這種承受羞辱的情況，並非由於外來的因素，完全是自己進退失據所造成。

恆 ䷟ 九三，不恆其德，或承之羞，貞吝。

九三是下巽的上爻，剛強得過了頭，失去巽的柔順美德，豈不成了悍婦？倘若丈夫也柔得過分，變成懦弱的男人，對妻子有什麼好處？九三陽爻居陽位，原本當位，卻因為居於巽卦的上位，象徵喪失原有的正德，所以說不恆其德，因此而蒙受羞辱，並不是由於外來的因素，而是自己進退失據，有所偏差才造成，不能再找理由搪塞，及早改變自己的態度，才是最好的補救之道。

妻不像妻，遲早承受羞辱，最好及早自我調整。

四、九四居於不正一無所獲

恆卦（䷟）巽下震上，震為長男，巽為長女，象徵少男追求少女的咸卦已經告一段落，恆卦的長男長女，結合成為夫婦，不能夠繼續居於男處下、女處上的咸卦狀態，必須調整為男上、女下的主伴情況才能白頭偕老、百年好合，彼此恆久相處，並且家庭圓滿。這是夫婦共同的目標，更需要雙方同心協力，彼此各守其份，各盡其力。

恆久的要件：一為守正，二為變通，三為調適配合。下卦為巽，表示為婦之道。初六提出浚恆的警示，夫婦來自不同家庭背景，不應該一開始就太嚴苛，容易產生反效果。九二悔亡，主要是守中不偏。九三立場不穩固，有投機取巧的現象，所以承受羞辱。上卦為震，表示為夫之道。九四是上卦初爻，由於陽居陰位，又與初六相應，兩個失位的人，以不正應不正，顯示對於恆久的真義，都缺乏深切的瞭解。所以恆卦九四爻辭：田无禽。因為打獵，「无禽」即沒有禽獸，打不到獵物。為什麼呢？小象說：久非其位，安得禽也？久非其位，指對於恆久不甚明瞭，擺錯了位置，過分的要求，當然得不到預期的結果。丈夫的最大責任是養家活口，所以用打獵做譬喻——打不到獵物，基本任務未能完成；或者一天到晚夫婦守在一起，結了婚還認為自己正在戀愛。渡過蜜月，便以為可以天天過那樣的日子，當然是不得當的用恆，對家庭和個人都沒有好處。人雖有情，生活的重擔卻是無情的。就算生活有著落，也應該具有憂患意識，能未雨而綢繆。夫婦除了愛情，仍然有許多工作要做。

恆 ䷟ 九四，田无禽。

恆卦雷風相隨，彼此密切配合。下卦巽卦表示為妻之道，上卦震卦則是為夫之道。雙方面合理對待，不能夠片面要求。九四和初六一樣，都屬不當位。但是九四和初六相應，象徵夫妻雙方面都需要提高警覺，先做好自己份內工作，再要求對方。丈夫的首要任務是維持家計。因「无禽」表示打不到獵物，生活沒有著落還有什麼可說的呢？人有情，生活的重擔卻十分無情。愛情和麵包，兩者必須兼顧並重。

丈夫的責任，在維持家計。愛情與麵包，應兼顧並重。

五、六五陰爻柔弱不利男性

恆卦（䷟）六五爻辭：恆其德，貞，婦人吉，夫子凶。小象說：婦人貞吉，從一而終也；夫子制義，從婦凶也。

上卦為震，象徵動得很剛健。六五以陰柔居中位，有中和的作用。剛中帶柔，是六五的美德。丈夫為小家庭的重要支柱，不能不剛健，卻也應該有柔和的一面。丈夫恆久保持這種剛中帶柔的美德，即為「恆其德」。六五以陰柔居陽位，和九二以陽爻居陰位，同樣是失位，在堅守貞操的表現，卻有不一樣的效果。九二是婦人，為了堅守貞操，表現出無比的剛強，古往今來的忠貞烈女，令人敬佩。六五是丈夫，往往誤用柔情，受不了誘惑而守不住貞操。「婦人吉」的原因，是在這方面的情況比較單純，凡是針對可能失貞的事，皆抱持著從一而終的堅定心態，加以強烈抗拒，而不必做出其他選擇。「夫子凶」的理由，則是所處的環境，無論古今中外，都更加複雜，這是「制義」的作用，必須格外小心。凡事憑理智隨機應變，以求制宜，原本十分正確，除了堅守貞操，可以和婦人一樣，其他事宜，倘若像婦人那樣，一味堅持到底，畢竟行不通，所以說「從婦凶」也。

現代男女平等，但是九二和六五的精神，仍然應該保持。婦女柔順，必須有剛強的一面，使人不敢存心侵犯。丈夫剛強，也應該有柔順的一面，最好各自發揮在合理的地方，不宜有所錯亂。從一而終，在夫婦關係上，雙方都要堅持。至於其他方面，恐怕都應該適度地「制義」，以求權宜應變。婦女通常比較順從，而男性則必須更講求合理的順從。

恆 ䷟ 六五，恆其德，貞，婦人吉，夫子凶。

上卦為震為大夫，六五是丈夫的主要原則。以陰爻居陽位，象徵男性以剛健，堅強為本，卻也應該剛中帶柔。過分高高在上，自以為比妻子高一等，根本就是不正當的想法。丈夫恆保持這種剛中有柔的美德，是一件好事。對於堅守貞操而言，婦人以九二柔中帶剛的精神，可獲吉祥。男性往往剛中帶柔，卻反而不利，容易引起凶險，應該以剛強的態度來面對，以確保安全。

夫婦共同以剛強態度保持貞操，其他方面才能夠見機行事。

六、上六振動不安必致凶險

恆卦（䷟）上六爻辭：振恆，凶。小象說：振恆在上，大无功也。「振恆」表示恆德受到震動，不安於恆久之道。上六位居上震的極位，象徵恆道走到盡頭，似乎不能再恆，所以必致凶險。在恆卦的上體，表現出振動的現象，好像高樓的頂端遇到地震那樣，晃動得十分厲害，當然大大地沒有功效。夫婦感情堅定長久，主要在雙方堅持貞操。倘若丈夫高高在上，便以為能夠為所欲為，對恆道產生意志動搖，就算夫妻相守了大半輩子，也將因而瓦解，豈不是大大無功嗎？六、七十歲還鬧離婚，理由竟然是忍耐到兒女長大、夠久了。實際上是一開始就未能遵循咸、恆兩卦的道理，才會自作自受，不得不以此收場。

全卦爻辭，以九二為最吉。因為婦女從一而終，堅守貞操，只要有決心，比較容易做到。上卦代表丈夫，九四田无禽，六五夫子凶，上六振恆凶，都帶有凶象。表示在守恆的道路上，大致上說起來，婦女比較容易，男性比較困難。古時以「夫死不再改嫁」為從一而終的美德，卻又似乎默許男性續弦為可行的權宜之計，實際上，這是站在子女和整個家庭的立場，才做這樣的解釋。現代社會和往昔頗有不同。雙方堅守從一而終的貞操，才能慎擇戀愛、結婚的對象，關懷彼此的身心健康，共同為家庭和子女的幸福著想。從咸到恆，都能遵循正道。人類的感情生活，獲得合理的安頓。家庭為人群社會、國家民族的基石，也才能夠健全而和諧。家家都和氣，人人萬事興。天人合一的景象，自然顯現。

恆 ䷟

上六，振恆，凶。

上六位居恆卦的上爻，雖然不失信，卻由於上震象徵男性，有過分柔弱而守不住恆德的可能，所以凶險。振恆表示恆德受到震動不安，擔心恆德走到盡頭，有如高樓的頂層，遇到地震而晃動，實在令人擔心。

到了六、七十歲還鬧離婚，可見恆德經不起考驗。

我們的建議

1 生生不已，是天地造化的大原則；家庭美滿，為人類正常發展的重要基石。愛情求固，白首偕老，最好能從咸開始，就對守恆之難有所認知。戀愛是為了結婚，此言不差。

2 有人說：「婚姻是愛情的墳墓」，殊不知，此乃不懂咸卦的惡果。不知咸，何以恆？坊間無數畸戀愛情小說，內容都是不正常的情感與心態，開卷有害，作者和讀者都須自作自受，建議敬而遠之比較安全。

3 恆心需要毅力，還必須發自內心。先弄清楚什麼叫做守恆之道，再循序漸進，走向合理的恆久，才是以理智輔助感情的有效途徑。不能片面要求任何一方必須心甘情願地順從與付出。不可能持久的要求，如何能幫助感情恆久如常？

4 定乾坤，表示天地正常運作，人類可以放心地生存發展。但是天地正常，人類卻由於感情作用，導致許多不正常的現象，使得家庭不穩固，生活不正常，社會秩序大亂。下經以咸、恆為首，實在是用心良苦。

5 恆卦（䷟）上卦為震，代表雷；下卦為巽，代表風。雷震風順，象徵做事要有決心和毅力。守恆的效果，表現夫婦雙方堅守貞操，必須雷厲風行，不能知而不行。

6 除了堅守貞操之外，其餘方面，最好雙方配合，各自發揮長處，共同為家庭和子女謀幸福。有原則，能權宜應變，隨時隨地求取合理，才合乎恆久不變的要求。

第四章　如何將咸恆合而觀之？

咸卦和恆卦，都和男女的感情有關，
婚前婚後，做好合理調整，才是正道。
由夫婦推及父子、君臣、兄弟、朋友，
再推及古人和往者，甚至於宇宙萬物。
合理的人情，是中華文化的基石，
也是人之所以為萬物之靈的主要表現。
把咸卦和恆卦合起來想，不分開來看，
現代男性和女性，都應該把自己調整好。
慎始的感情，可以保家道平安，
貞操的觀念，男女應該有限度堅守。
夫能唱時，儘量保持夫唱婦隨，
夫不能唱時，婦唱夫隨是特例也無妨。

一、明人倫之始倡夫婦之義

人為萬物之靈，不但有感情，而且能感應。有時有感想，有時則令人感動。易經分上下兩篇，上經由乾卦到離卦，主要在闡明天道。下經由咸卦到未濟卦，重點在說明人道。序卦傳是分析易經六十四卦編排順序的一篇專論，特別指出：「有天地然後有萬物，有萬物然後有男女，有男女然後有夫婦，有夫婦然後有父子，有父子然後有君臣，有君臣然後有上下，有上下然後禮義有所錯。」「錯」和「措」相通，是措置、措施的意思，說明咸、恆兩卦，是男女交感，互相愛慕，以至有情人結合成為眷屬。把這種男女之情，引導到正道上面。並且進一步建立人倫道德，使人與人之間的感情正常化，人與人的關係正當化。

倫理是中華文化的基石，倫理的精神主要在「情」與「義」。咸卦（䷞）艮下兌上，艮代表少男，兌代表少女。艮在兌下，象徵少男求少女。恆卦（䷟）巽下震上，巽代表長女，震代表長男，象徵男性剛強，不宜久居婦下；女性柔順，樂於追隨丈夫。同樣是愛慕之情，婚前婚後，其「義」並不相同。把這種有情有義的倫理精神，由夫婦推及父子，由父子推及君臣，再推及兄弟和朋友。不但如此，我們還推及古人和往者。換句話說，由自己所熟悉的人，推及到和自己完全沒有親屬關係，甚至於完全不認識的人。

現代社會個人主義風行，人與人間，簡直缺乏情的感通。咸、恆兩卦的要義，應該是現代人最需要的解藥。人與人間的疏離感與不和諧，也才能獲得解除。

人為萬物之靈

↓

主要在情義並重的倫理精神

↓

由夫婦有別到父子有親

↓

由父子有親到君臣有義

↓

由君臣有義到長幼有序

↓

由長幼有序到朋友有信

↓

五倫先做好再推及其他

二、慎始的感情保家道永安

現代人性行為開放，未婚生子似乎不算稀奇。這種不重視貞操，甚至將貞操視為落伍、不合理的觀念，實在是人類社會的主要亂源。愛情的追求只在於甜言蜜語，而缺乏誠意，影響到政治人物的口惠而實不至，談不上誠信感人。

戀愛時男性百方遷就，極力討好。結婚後男性高高在上，動輒怒罵或施暴，簡直有如仇人。現代人皆以為「夫尊婦卑、夫唱婦隨」為男女不平等的象徵，卻不明白箇中原因是出於古代女子接受文字教育的比例很低，知識水準遠不及男子，以至男性擁有文字解釋權，把利於男性的地方，片面增強，實際上是扭曲和偏見，並不符合聖賢的真意。在婦權高漲的今日，許多人高喊「男女平等」，卻往往忽略了陰陽的性質有所不同。人生下來就是男女有別，如何能用男女平等來否定其性質互異呢?較合理的主張是「男女同權，但絕非同質」。

理想的夫婦，應該是同心同德，沒有意見上的隔閡，也沒有感情上的衝突。要達到這樣的境界，只有遵循咸、恆兩卦的要旨，從小就把男子教成男性，女子教成女性。因為女孩子的感情，通常比男孩子來得純潔，男孩子愈高傲愈喜歡孤獨，而女孩子若是孤獨不和別人來往，一定會有被疏遠、受排斥的感覺。為人父母者，若不正視男女本質上的差異，而是把女子和男子用同樣的方法教育，往往會教成老一輩口中「不男不女」的中性人。可悲的是，現代人不以中性人為忤，反而視之為時尚，更顯示出其荒謬與偏差。

夫婦之道，貴在雙方堅守貞操，若是愛情不能專一，其他一切都靠不住。我們解說元、亨、利、貞時，特別把貞操說成合理的操守，表示各方面都應該有不一樣的貞操。夫婦更是如此，家道能不能永久安寧，這是基本的要件。

愼始的感情

↓

夫婦同心同德

↓

沒有意見上的隔閡

↓

沒有感情上的衝突

↓

男女同權不同質

↓

共同的基礎即在

▽

堅守合理的貞操

三、貞操的觀念必須合理化

咸卦（䷞）和恆卦（䷟）都是三陰三陽，相抱和諧。而且初六和上六，都是陰爻，中間有三個陽爻合在一起。前者表示陰陽調和，男女同權。咸卦女上男下，象徵男子率先表現誠意，供女子用心選擇。「女怕選錯郎」，可見主導權在女方。居於從一而終的貞操觀念，當然要用心。咸卦把心去掉，用意在提醒女子不應該存利害的心，尤其是現代金錢掛帥，財富至上，更應該把心放在「可以依靠、值得信賴」的責任感上面。後者則提醒我們，少男長大成為長男之後，倘若還是願意久屈女子下方，這時少女已成為長女，美艷不如當年，若是生男育女，更需要忙於家務，若是丈夫還像當年一樣，到處展現誠意，如何依靠？或是丈夫無法扛起家計責任，豈不是貧賤夫妻百事哀？所以恆卦一改咸卦的姿態，由女上男下，變成男上女下。並不是婚後臉色不同、姿態改變，而是責任加重，必須雙方全力配合。若有人因此而認為恆卦重男輕女，那麼咸卦是不是輕視男權呢？

倒是往昔片面重視女性的貞操，在現代則必須調整為雙方同等重視，方屬合理。夫婦既然同享要求愛情專一的權利，也就應該同盡堅守貞操的義務。做丈夫的，可以對妻子表示妒忌。做妻子的，同樣也有妒忌的權利。只要雙方的妒忌，都符合實際的限度不必追究既往，也不能無中生有。對於婚前的戀愛對象，或者再婚的前夫前妻，只要婚後已經情誼斷絕，便不必疑神疑鬼。以有限期的貞操，代替往昔無限期的貞操，應該是貞操現代化的合理調整。

現代化的貞操

↓

男女雙方都有堅守貞操的義務

↓

婚前或再婚之前的情誼必須斷絕

↓

丈夫不向其他女性貢獻男性的愛
妻子不向其他男性貢獻女性的愛

↓

親情、友情和愛情區隔清楚
千萬不可混為一談

↓

愛情專一是夫婦之道的根本

四、戀愛的結果是正當婚娶

咸卦（䷞）艮下兌上，艮卦代表停止，表示男感女、女悅男的過程，在兌卦出現喜悅之後，便應該停止，正式結合成為夫婦。這種「一生只戀愛一次」的主張，現代人幾乎難以想像，更加不容易理解。我們常以現代社會誘惑太多，人的心靈好像愈來愈脆弱，來掩飾自己的感情亂象。戀愛、結婚十分重要，卻不是人生的唯一目標。我們建立溫暖的家庭，實際上是為了修養自己、教養下代，同時為人類社會做出貢獻。倘若在戀愛、婚姻花費太多精力與時間，人生的價值，恐怕就要大打折扣，對不起自己了。

現代人感嘆「婚姻是愛情的墳墓」，便是不明白咸卦和恆卦的變化關係，才產生這樣的感概。由於一生只戀愛一次，當然要求恆久不變，才有安寧、愉快、幸福的可能。請問現代女性：「找一個可靠的丈夫來養家活口，是不是比找一個只會談戀愛卻付不起責任的人要好得多？」世界上會談戀愛而又能負起責任的人，當然也不少，但是需要少女自己去尋找，也著實是件不容易的事。好不容易自己看上了，經過多方的瞭解和測試，終於芳心有主，願意下嫁（咸卦男往上求，女向下嫁），結成夫婦之後，是不是應該仿效恆卦（䷟）的結構，改變成男上女下。採取主伴（往昔是主從）的心態，把丈夫捧得高高的，把他哄得像小孩子一樣，讓他心甘情願地為家庭做牛做馬呢？當然，現代有很多女性，不忍心讓另一半做牛做馬，自告奮勇，也願意做牛做馬。勇氣可嘉，但站在人類生存發展的立場上，卻不值得鼓勵。

戀愛是為了結婚

↓

一生只戀愛一次最幸福

↓

慎始便不是隨便談戀愛

↓

萬一有差錯也不必後悔

↓

但必須好聚好散

↓

從此不再有愛情的成份

↓

及時由咸卦轉向恆卦

↓

婚姻便不是愛情的墳墓

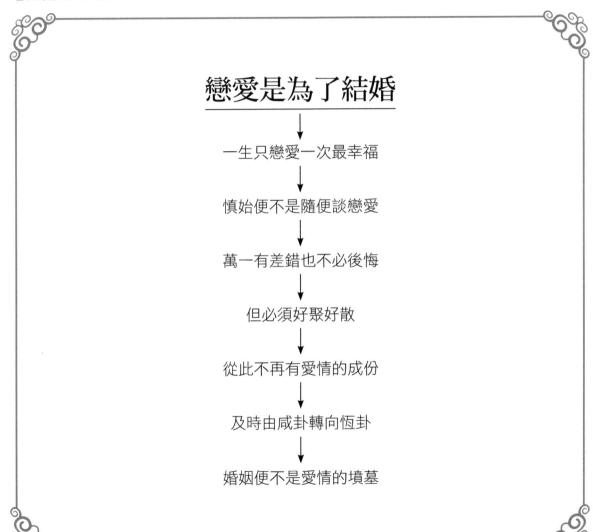

五、真正的愛是關心像無心

咸卦把感字的心去掉，倡導無心之感。把愛掛在嘴巴上，有很多違心的表現。西方人喜歡表達「我愛你」，我們則常放在心裡，並不是不敢說，也不是說不出口，而是十分明白說出來遠不如不說，可惜現代人大多想不通這層道理。

一個男人，會說也敢說「我愛你」，到底可信不可信？靠不靠得住？誰也料不定。女性朋友難道不會懷疑，今天他會對張小姐說我愛你，明天會不會也對李小姐、王小姐說同樣的話？

一個女人，若是喜歡聽「我愛你」這種話，而且還會相信，她的命運，根本不用排八字，看面相，便可以斷定命運坎坷，婚姻欠穩定。這種話都能相信，還有什麼腦筋？

不說我愛你，對方就感覺不出來，雙方的默契，怎麼能建立？萬一有一天說不出話來，夫婦之間怎麼溝通？

說了我愛你，豈不是天天要說？否則引起懷疑：「是不是今天不愛我了？」豈非自找麻煩？天天說，變成一種形式，逐漸有形無質，有一天不說了，果真變了質，豈不是更可怕？

西方人相信這種話，看似有心，實際上不關心。我們不相信人家所說的話，卻十分相信自己的感受，看似無心，其實非常關心。口中不多說，心中夠實在。一旦說多了，變成有口無心，多可怕！一旦說多了，對誰都忍不住要說，搞得大家都不相信，豈不是更慘？現代還有人倡導西方人的擁抱，遲早抱出問題，才知道自己的淺薄無知。

無心的感，才知道對方的感受。有心的感，早晚產生利害的關係。現代人可能太忙，想不通深層的道理。

關懷而不是好奇

↓

真正的愛是關心對方
並不是對別人有好奇心

↓

不要相信「我愛你」這種甜言蜜語
要相信自己所體會出來的感覺

↓

口中不多說內心才夠實在
說多了變形式常常有口無心

↓

有心的感遲早產生利害關係
無心之感才能體會出對人的感受

↓

心連心才是真的關懷

六、夫不能唱時不得不隨婦

易經主張變易，也重視不易。夫唱婦隨是常理，但是夫要唱得出來，婦才能隨。若是夫根本唱不出來，那就非變不可，由婦來唱，轉化為婦唱夫隨，形成現代的「家庭主夫」了。家庭由夫婦組成，大可雙方誠意協議，無論採取哪一種形態，總應該有主有伴，才能夠同心協力而不亂。

父嚴母慈是常態，因為父親外出工作，為了家計，較少時間與子女相處。母親在家教養子女，相處的時間較長。父嚴母慈，對子女的教養有利，孩子不會整天擔心害怕。反過來父慈母嚴，子女長時間和嚴母相處，恐怕就要渡日如年了。但是，有些家庭，母親出外工作而父親主持家務，那就應該自行調整，改變為父慈母嚴，子女的壓力才不會那麼大。父母角色互換，是特例，不能視為通例。

夫妻也是如此。夫在某方面較妻為優，在這方面可以夫唱婦隨。反過來說，妻在某方面較夫為強，當然在這方面也可以婦唱夫隨。丈夫很優秀，妻子樂於追隨。丈夫感謝妻子的成全，妻子感謝丈夫的主導。彼此約束自己，尊重對方；多包含，少責備；多貢獻，少要求。倘若夫妻都不行，那就每一樣都平等。雖然結局不可能良好，卻也是自作自受，就算怨天尤人，也沒有實際的效果。

現代人過分重視平等，卻嚴重地忽視了互補的重要性。夫妻性質不同，最好求互補。有一方做得比自己好，為什麼不樂得成全，讓對方主導呢？男女平等，說起來就是雙方斤斤計較、互不相讓，也彼此不服氣，這樣還像什麼夫妻？

夫唱婦隨是常理

↓

這不是重男輕女
更不是輕視女權

↓

現代人過份重視平等
忽略了雙方互補的重要性

↓

女性的直覺比男性靈敏
很容易發覺男性的偏差

↓

男性的方向感比女性準確
讓男性主導對女性是一種尊重

↓

要婦唱夫隨也可以
但是只能當做特例看待

我們的建議

1 現代女性，最好是個性溫柔可親，態度和藹可愛，仁慈善良而又笑容可掬，善解人意。遇事禮讓，服務週到又能夠排解紛爭。倘若剛強任性，盛氣凌人，態度凶狠，橫蠻潑辣，說話粗裡粗氣，又絲毫不肯禮讓人，那就失去了女性陰柔順從的美好特質。

2 現代男性，最好是有擔當、能上進。做人講原則，做事有計畫。明哲保身以遠離罪惡，寬恕他人並能勸善規過。愛護弱小不惜見義勇為，孝敬父母也能尊重長上。和女性一樣，保持合理的貞操。如果都做不到便枉為男人。

3 男女雙方，都不應該把戀愛當樂趣，視婚姻如兒戲。戀愛和婚姻，最好依據易經的思惟，合起來想，不應該分開來看。戀愛是為了婚姻，否則便是濫愛、亂愛。

4 把親情、友情和愛情，做出合理的區隔，不能混為一談。定位不清楚，後遺症十分嚴重。時常反省，有沒有逾越的念頭和行為，及時調整修正，務求正常合理。

5 重視外表，感情很難純真。多關心，知道珍惜，並尊重對方，才是真正的人情。不要因為自己的觀念受污染，便返過來責怪人情，這是本末倒置的想法，並不合理。

6 人與人間缺乏情的感通，父母子女兄弟姐妹之間，不重視天倫之樂，朋友之間無情無義，這樣的人群社會，與禽獸何異？難怪有很多人，不敢承認人為萬物之靈。

第五章　我們要如何看待謙卦？

要看一個卦，最先要觀象，
謙卦下艮上坤，像是地中有山。
觀象要從卦序，卦名與卦辭著手，
由內外卦象的陰陽，看出相互的關係。
六爻是不是當位，彼此能否相應？
還要審定主爻，觀出卦主以掌握重點。
所有的意義，都應該和卦象相符，
通象才可以談論易理，不宜離象。
炎黃子孫，大多喜歡看相，
和易經的象，有十分密切的關係。
互體，半象，錯卦和綜卦，
都是卦象的變化，必須詳加觀察。

一、由上下兩卦觀全卦形象

西方語言重音和義，中國語言受到易經無三不成禮的影響，形、音、義三者並重。西方人用音思慮，先有語言後造文字。中國人依形思慮，先畫八卦，由圖形來認識文字。繫辭上傳說：聖人看到天下萬物的道理，既複雜又深奧，想辦法把它模擬成具體的形態，使一般人更容易瞭解。用八卦、六十四卦來象徵事物的意義和變化，叫做「象」。我們看任何一個卦，首先看它的象。象即像，看它像什麼？發揮想像力，因為易卦給我們很多想像空間。

謙卦（䷎）像什麼？下艮上坤，上面是一片土地，下面是一座大山。這不是很奇怪嗎？自然的景象分明是山高高地矗立在地面上。現在我們所看到的，竟然是山在地下。諾大一座山，躲到地面下，讓人看不見，實在夠低調。

我們不難想像，山這麼高，令人心生害怕，怎麼過得去？怎樣才能翻越山頭？做人如果像山這樣，豈不是令人望而生畏，敬而遠之，親和力完全喪失，人際關係一定不好。尤其是現代人，親眼看過好幾座山，被推土機推得平平的，根本不像一座山，景象十分淒涼。於是想像山如果能夠躲在地底下，任憑再厲害的推土機，也無法剷平它，這是多麼高明的明哲保身？不但保自己，而且有利於整個自然環境的維護。謙的形象，果真有如山在地下。從卦象瞭解謙的真義，稱為「觀象」。從卦的上下兩部分所代表的形象，看出全卦的象徵。謙卦的卦象，是山在地中。從形象看出內涵的意義，和中國人喜歡觀看面相，是相同的道理。

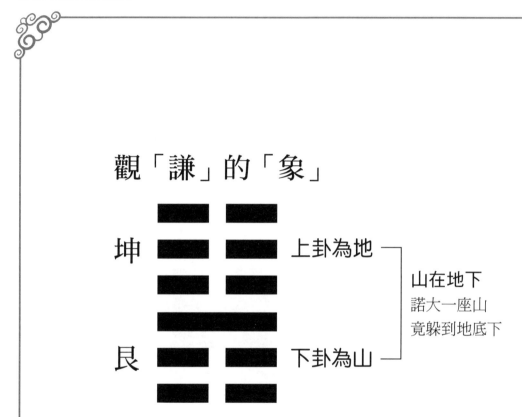

觀「謙」的「象」

坤　上卦為地

艮　下卦為山

山在地下

諾大一座山
竟躲到地底下

二、卦名和卦辭都離不開象

由於道理經常是不容易說，或是說不明白，所以聖人用象來表示。我們常用看圖識字，以及透過圖表來說明事物，都是設卦觀象的應用。古代「象」與「像」通用，象徵萬物的狀態，使我們聯想起像什麼，然後因象立卦，把所想像的形態懸掛出來，方便做客觀的觀察，稱為設卦。

觀象時，首先要觀卦序、想卦名，並且讀卦辭。

譬如謙卦（䷎），依卦序前為大有卦（䷍），後為豫卦（䷏）。序卦傳說：「與人同者，物必歸焉，故受之以『大有』。有大者不可以盈，故受之以『謙』。有大而能謙必豫，故受之以『豫』。」能夠求同存異，與人和諧共處的人，萬物必然歸附於他，所以接著是大有卦。大有所獲的時候，千萬不能自滿，所以接著是謙卦。大有而又能謙的人，必然悅樂，所以接著是豫。謙卦下艮上坤，外柔順而內靜止，象徵恭敬有禮，虛懷而不自滿，所以名為謙卦。山是可見的形象，艮卻代表山的功能德性，艮卦（☶）的陽爻，在坤卦（☷）的最上方，表示動靜得宜，適可而止。坤卦（☷）同樣代表地的功能德性，順從安祥，柔軟可親。謙卦卦辭說：謙，亨，君子有終。意思是內艮為止，內心能夠自我約束，保持知足常樂，不過分要求。外坤為柔順，表現出謙虛、禮讓、謙退的態度。這種謙虛美德，如果能夠始終保持，養成良好習慣，自然亨通而無所阻礙。卦名和卦辭，都和象密切相關，所以說必先明白象的意義，才能夠探究卦所顯示的易理。大象和小象，都是重要的關鍵。

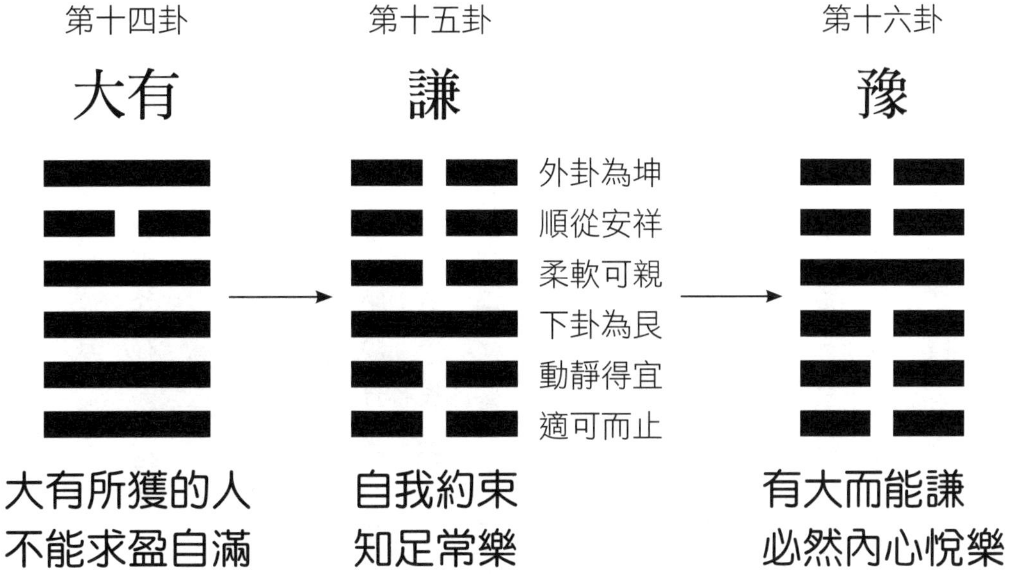
第十四卦
大有
第十五卦
謙
第十六卦
豫
外卦為坤
順從安祥
柔軟可親
下卦為艮
動靜得宜
適可而止
大有所獲的人
不能求盈自滿
自我約束
知足常樂
有大而能謙
必然內心悅樂

三、觀察內外卦象為陰為陽

象傳有兩種：卦的象傳稱為大象，說明全卦的象。爻的象傳稱為小象，依據爻辭全文或其中一部分，說明其理由，或推論其結果。大象小象，都用「象曰」的形式引出。大象緊接在彖辭之後，小象則安放在爻辭的後面。

繫辭下傳指出：陽卦多陰，陰卦多陽。意思是陽卦中陰爻居多，而陰卦中陽爻居多。如果是這樣，乾卦（☰）三爻都是陽爻，為什麼還算是陽卦？坤卦（☷）三爻都是陰爻，難道是陽卦？所以繫辭下傳接著說：其故何也？陽卦奇，陰卦偶。用陽卦的筆畫為奇數，陰卦的筆劃為偶數來區分，應該更為合理。八卦當中，乾（☰）三畫、震（☳）五畫、坎（☵）五畫、艮（☶）五畫，都是奇數，稱為陽卦。坤（☷）六畫、巽（☴）四畫、離（☲）四畫、兌（☱）四畫，都是偶數，稱為陰卦。

重卦不分陰陽，但是內外卦仍然有陰有陽。以謙卦（䷎）為例，上坤六畫為陰卦，下艮五畫為陽卦。謙卦大象說：地中有山，謙；君子以裒多益寡，稱物平施。「裒」是減少，「益」為增加。謙卦（䷎）上地下山，有山在地下之象。但是山在地下，便不成為山了。因為地是比較平坦的，山則是相對凸起的。山和地的不平，在山高地低，象徵世間不平的現象。君子將山的高出部分減少，來彌補地的不足，象徵以謙德來彌補世間的不平。「稱」為衡量，「施」即施與，「稱物平施」，便是權衡事物的多寡，設法公平地施與。上坤陰氣向下，艮陽陽氣上升，上下互通，取多餘而補不足，即為謙虛、禮讓、互惠的表現，發揮地中有山的精神。

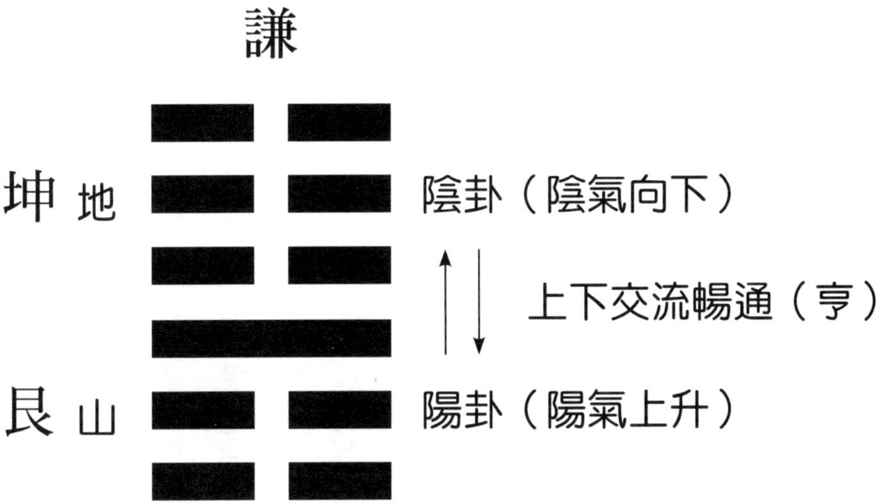

地中有山
山高地低
取多餘補不足
化不平為平

四、觀察六爻陰陽是否當位

一卦六爻，稱為六畫卦或重卦。爻的意思是仿傚，仿傚什麼呢？仿傚萬物的動態而立象，稱為爻。宇宙萬象，不外乎一正一反。正向動態的陽爻，用「⚊」來表示。反向動態的陰爻，用「⚋」來代表。陽爻是奇數，一、三、五、七、九之中，以九為最大，所以陽爻稱為「九」。陰爻為偶數，二、四、六、八之中，二和四（古時寫成亖）容易混淆。六和八兩個數字，依據陽伸陰縮；陽向外、陰向內的原則，六比八老，所以陰爻稱為「六」。配合由下而上的初、二、三、四、五、上，兩者連用，用以辨明爻的陰陽性質和上下位置，同時也可以表示時的先後。通常以初九、六二、九三、六四、九五、上六為當位，表示變得合理，便是「得」。而初六、九二、六三、九四、六五、上九為不當位，象徵動得不合理，即為「失」。一般來說，得則吉，失便凶。以謙卦（䷎）為例，六二、九三、六四、上六當位，而初六、六五不當位。一般來說，當位的爻辭，大多得位而吉。不當位的爻辭，不得位（失位）多凶。但謙卦例外，六爻皆吉，可以說是六十四卦之中，唯一六爻皆吉的卦。換句話說，易經六十四卦，實際上是以謙卦為中心，無論當不當位，都吉。一卦六爻，如果整體來看，把接連在一起的爻，看成一爻，可以觀出大體的象。以謙卦（䷎）為例，很明顯觀出坎卦（☵）的樣子。坎卦象徵水往下流，有突破艱難的精神。人生充滿了艱難險阻，必須發揚人性的光輝，堅定剛毅地突破重重險難，需要謙的美德，才能夠安然渡過。

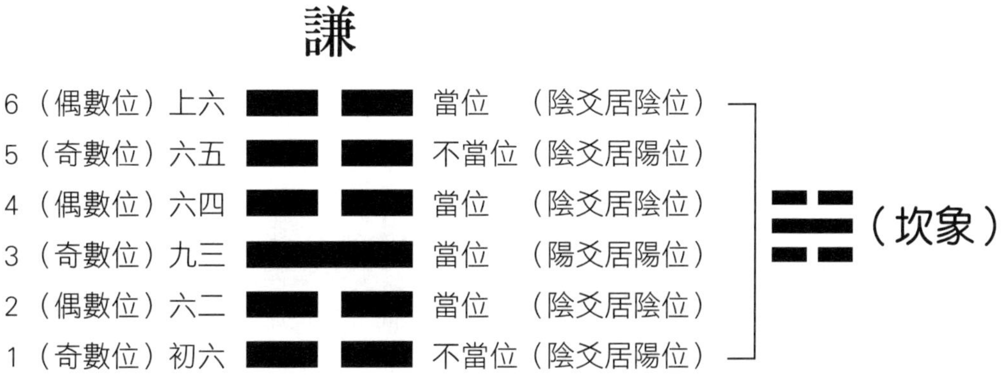
謙
6（偶數位）上六 當位 （陰爻居陰位）
5（奇數位）六五 不當位（陰爻居陽位）
4（偶數位）六四 當位 （陰爻居陰位）
3（奇數位）九三 當位 （陽爻居陽位）
2（偶數位）六二 當位 （陰爻居陰位）
1（奇數位）初六 不當位（陰爻居陽位）
（坎象）

五、由卦義看出一卦的卦主

一卦的卦義，通常以一爻或數爻為主，稱為主爻，又名為卦主。以謙卦（䷎）為例，以九三爻為卦主。因為謙卦上坤下艮，就下艮來看，九三位居下艮的究位，是適可而止的象徵。實際上艮的最高境界，即在止於至善，所以九三爻是下艮的卦主。上坤純陰，其功能德性為吸引凝聚。我們由乾、坤是父母卦，其餘六十二卦都是乾、坤兩卦交易的產物，可以想像謙卦由乾卦上久的亢龍，知進不知退，以致有悔而心生謙讓，降居坤卦的六三爻位。乾卦文言說：亢龍的意思，是說只知進取而不能退守；只知道存在，卻不知道終將衰亡；只看到獲得，並看不見喪失。亢龍有悔，指出高飛到極點的龍，必將有悔恨。因亢極而生悔意，自然謙虛反省，謙讓自損，得以急流勇退，降居坤卦的六三爻位。這種現象，稱為乾上之坤三，成為謙卦的主爻九三。我們也可以想像。乾卦九三，由於陽剛太重，發現自己尚未達於天，下未立於地，實在位不居中，不但要勤奮不懈，而且應該隨時警惕，才能无咎。君子經過初九潛龍、九二現龍的歷程，來到九三惕龍，深知再往上走，必須身段更加柔軟，態度更加柔順，因此轉到坤卦六三爻位，務求內剛外柔，內方外圓，使自己更加順吉。無論如何，謙卦九三應該是全卦的主爻，也就是謙卦的卦主。

謙卦六爻，只有九三與上六相應，其餘初六與六四、六二與六五，都不相應，可見九三在謙卦的地位，十分重要。謙謙君子，最主要的表現，即在適可而止。

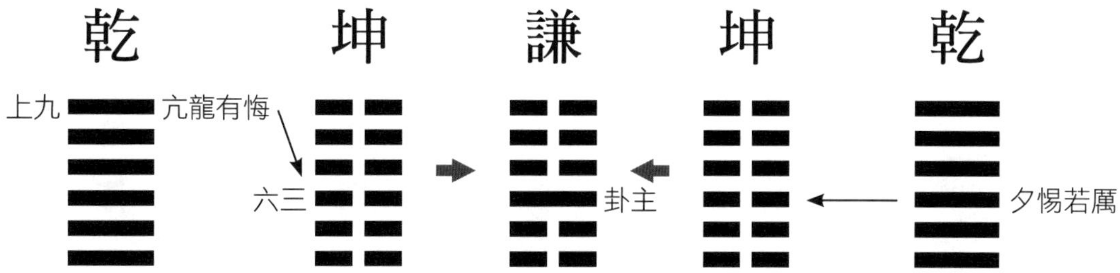
乾
坤
謙
坤
乾
上九
亢龍有悔
六三
卦主
夕惕若厲

六、由中爻的互卦瞭解卦象

謙卦象辭，指出謙德是光明的。我們從謙卦（䷎）的六二、九三、六四，看出它的互體為坎（☵），而坎的錯卦為離（☲）。離為火，當中的陰爻象徵可以燃燒的物質，上下兩陽爻象徵物質燃燒時所產生的發光發熱的火，正是光明的表現。互體象徵某類現象中，所內涵的另一種現象，也可以說是這一卦的潛在意義。不論性質有沒有改變，都和原有的現象息息相關。二、三、四爻為下互；三、四、五爻為上互。謙卦上互為震卦，表示謙德之中，內涵有自強不息的上進動力。其錯卦為震，象徵只宜順取，不必逆取。震的綜卦為艮，同樣有適可而止的含義。

謙卦（䷎）的錯卦是履卦（䷉），表示明白謙卦的道理，還需要確實履行，養成習慣才有效果。謙卦（䷎）的綜卦為豫卦（䷏），和謙卦的卦象，剛好完全顛倒過來。豫的意思是寬裕和樂，表示謙然後能豫，所以序卦傳說：「有大而能謙，比豫，故受之以豫。」

互體是一卦除了初爻和上爻之外，其餘二、三、四、五稱為中爻所產生的象。互卦包括錯卦、綜卦和爻變。透過錯卦來判斷，表示從不同的立場，來審視同一個問題。凡事最好多方觀察，才能尋求當時當地的合理點。兩個卦的六爻，陰陽相錯，和天地造化，有同樣的功能。綜卦反覆倒看，務求從易氣的流行過程中，悟出盛衰興亡的道理，尋找得失成敗的契機。爻變是占卜的過程經常遭遇的現象，將來討論占卜時，再來仔細說分明。

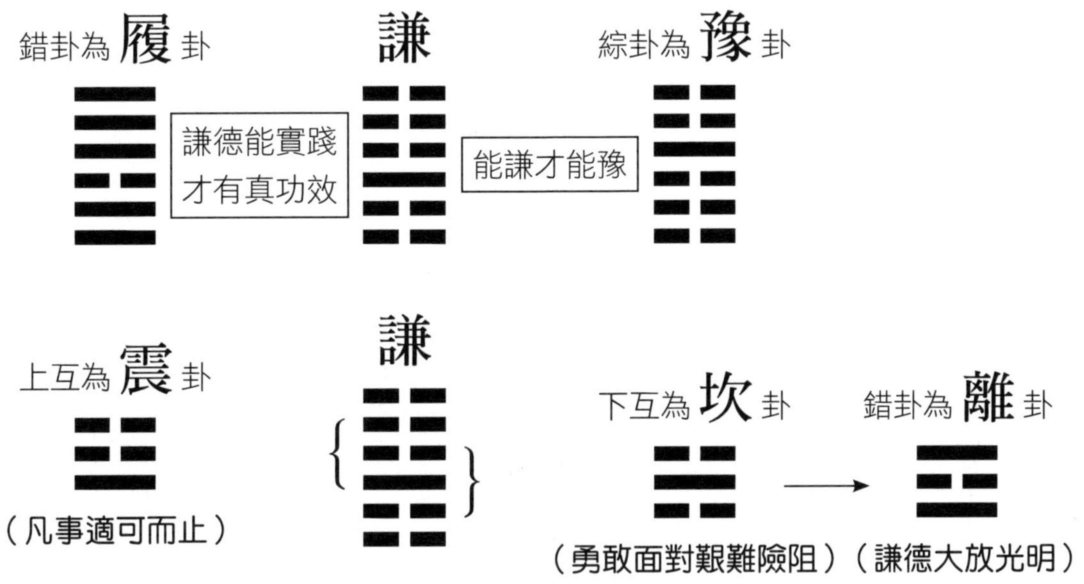
錯卦為 履 卦
謙
綜卦為 豫 卦
謙德能實踐
才有真功效
能謙才能豫
上互為 震 卦
謙
（凡事適可而止）
下互為 坎 卦
錯卦為 離 卦
（勇敢面對艱難險阻）
（謙德大放光明）

我們的建議

1 道不可見，所以聖人用象來表示，稱為示象。希望我們按照看圖識字的方式，現象明理，從易象中悟出易理。所有的道理，都應該和卦象相符，才能得到合理的解釋。

2 現象的方法，首先從卦序看出先後卦的關係，嘗試做好定位，把中心意義確立下來，以便觀察時有所依循。然後從卦名和卦辭，配合彖傳的說明，進行觀象。

3 卦分上下，也就是內外，看是陽卦或陰卦，探究上下，內外之間，是相成或相害，是連貫或相對？就六爻的陰陽性質，觀看其當位不當位？彼此之間，相應不相應？再尋找全卦主爻，或上下卦的主爻，做出全面性判斷。

4 再從互體的象，上互、下互以及錯卦、綜卦，探討其中的關係和變化，做出更為寬廣的想像，以期更加周全地觀看卦象，體會其中蘊含的道理，做出綜合性判斷。

5 還有同體的卦，也就是整體看起來，十分相似的卦。以謙卦（䷎）為例，同體卦便有剝卦（䷖）、豫卦（䷏）、師卦（䷆）、比卦（䷇）、和復卦（䷗），都屬於一陽五陰的卦。

6 我們以前看卦，並沒有這樣仔細。現在以謙卦為例，做出比較詳細的觀卦，實際上還有數和理，連貫成為象數理一貫之道。我們在分析了謙卦六爻的爻辭之後，再來把謙卦的象數理做一番說明，更能夠深入地瞭解謙德的可貴。

第六章　謙卦六爻有什麼啟示？

謙卦上坤下艮，象徵地中有山，
山勢崎嶇巍峨，地勢厚德能容。

謙謙君子，必須謙之又謙，
先把下山艮謙修好，在修上地坤謙。

謙德令人賞識，自然聲名遠播，
機會更多，助力更大，更加需要謙謹。

修己安人，先修好自己的謙德，
再發揮影響力，促使他人重視謙德。

對於不服德化的人，可以加強討伐，
自己人先搞好，自然能夠號召他人。

謙卦沒有物極必反的情況，
象徵謙虛不可能過分，不必擔心。

一、初六謙謙君子足以自養

君子必須是具有品德修養的人，至於在位或不在位，其實並不重要。小人指品行不良，傷風敗德，日趨下流的人。謙謙君子，則是態度謙恭、虛心禮讓，謙卑而不自大的有德人士。謙卦（䷎）初六爻辭：謙謙君子，用涉大川，吉。「涉大川」即涉越險阻，初六以陰爻居陽位，雖不當位，卻有柔順謙虛的修養，用來涉越險阻，當然可獲吉祥。

小象說：謙謙君子，卑以自牧也。「自牧」是自我約束的意思。謙卦坤上艮下，象徵山在地中。地中的山，原本比地高，卻能自我抑制，以至於比地還要低。初六又是整座山的最低點，實在是低得不能再低，非常的謙卑。君子具有這樣的心態，至少有下述三大好處：

1 欲望較小，因而機會相對增加。對於初次求職的人而言，很容易找到工作，不致畢業即失業，而心生苦悶。

2 位雖卑下，並非卑賤。人雖謙卑，不致受辱。能卑下就能涉水，能自牧即能行險。整個謙卦，看起來有坎險的象，也有渡河的象徵，所以說利涉大川，而且卑以自牧。這兩種說法，都和謙卦的卦象有關，有助於聯想。

3 謙謙有謙之又謙的意思，初六居謙卦的初位，又柔順自牧，所以稱為謙謙。但是下卦為山，本身具有堅定不移的力量。初六是山的底部，更是負載龐大的重量。初六具有實力，能夠謙虛禮讓，才有資格稱為謙謙，也才有能力承擔重要責任，這樣的君子，既容易獲得工作，又可以勝任，自己先養活自己，再依情勢求取上進，當然吉祥。

謙 ䷎

初六，謙謙君子，用涉大川，吉。

初六以陰爻居陽位，又居全卦最下的位置，象徵初出茅廬，不可要求太高，才能順利獲得工作機會，不宜心態高傲，或自視甚高，必須抱持謙虛、恭敬、謹慎的態度，才容易獲得上級的賞識和提拔。這樣的謙謙君子，不管走到哪裡都受人歡迎，當然吉祥。

謙謙君子，是做人的最佳起點。

二、六二堅持貞正名聲外揚

謙卦（䷎）彖辭說：謙亨，天道下濟而光明，地道卑而上行。天道虧盈而益謙，地道變盈而流謙，鬼神害盈而福謙，人道惡盈而好（ㄏㄠˋ）謙；謙尊而光，卑而不可踰（ㄩˊ）；君子之終也。易經每卦六爻，分成天、人、地三才。初二兩爻為地道，三四爻為人道，而五上兩爻則為天道。謙能夠亨通，是由於謙德包有三才，天道、人道、地道，都和謙有密切關係。天氣下降使萬物生長，並以日月的光輝，使世界充滿了光明。地氣受到日光的普照，上行以應合天時，雖然地勢卑下，卻能成育萬物。謙卦下艮，象徵天道下濟，上坤表示地道上行，所以亨通。天道對盈滿的，加以減少，用來增益謙虛的。地道改變盈滿的，用以充實謙虛的。鬼神危害盈滿的，設法施福謙虛的。人類憎惡盈滿的，喜歡謙虛的。謙虛的君子位居尊貴，更顯得光彩耀人。即使位居卑下，其道德修養也難以被人超越，所以始終能夠吉順。

六二爻辭：鳴謙，貞吉。小象說：鳴謙，貞吉，中心得也。六二以陰爻居陰位，得位而吉。又處下艮的中位，居中得正。由於九二、六四、六五互震，即雷，而六二和九三親比，有雷鳴之象。只要堅持合理的貞正操守，便能聲名遠揚，為大家所欣賞。六二的聲名，並不是虛的、經不起考驗的，所以心中當之無愧，顯得心安理得。這種實至名歸的謙虛美譽，使大家發自內心地加以宣揚。六二自己有實力，才承受得起。倘若缺乏實力，那就成為「心虛」，而不是「虛心」，哪裡能夠心安理得呢？

謙 ䷎ 六二，鳴謙，吉。

六二以陰爻居陰位又是下艮的中爻，居中得正，表示謙德的修養良好，深獲上級的好評，已經提升到相當的位置，而且聲名遠播。由於九三、六四、六五互震，六二在震的下方，有雷鳴的效果，所以說鳴謙。同時六二、九三、六四互坎，仍然有險阻當前，必須時時提高警覺，心中才能坦然。

受到賞識而聲名遠播，不必介意有人譏諷。

三、九三勞謙君子全卦主爻

謙卦（䷎）九三爻辭：勞謙，君子有終，吉。小象說：勞謙君子，萬民服也。九三以陽爻居陽位，又與上六相應。卻因為一陽爻居眾陰爻之中，六二、九三、六四互卦為坎，九三正好居於互坎的中位，有陷、勞、憂的象徵，所以稱為「勞謙」，是有功勞、有貢獻、負重責大任，還能夠謙虛、不自大、不自滿，表現出始終如此的君子風度，當然獲得吉祥。平凡而沒有貢獻，謙虛是應該的，說起來也是一種藏拙，免得出醜。有功勞、有貢獻時，難免人不知而至感憤怒，認為這些人缺乏見識，如此是井底之蛙，對外界的狀況，根本不知曉。如果大家知道，也表達了敬意，當事人便不免沾沾自喜，自認為了不起，而失去謙虛應有的美德。勞謙表示難得的謙虛、禮讓，顯得君子果然始終如一。譬如大將軍戰功顯赫，受獎賞時卻將功勞歸於殉難的將士。又如功績卓越的人士，受獎勵時把功勞推給同事。常見領獎時，再三感謝自己的父母、教師和朋友，若是出於真心誠意，便是勞謙君子，十分令人敬佩。政治領袖能夠如此，必然萬民敬服——並不是佩服他的功勞、貢獻、成就，而是敬佩他這種勞謙的精神，高而不傲，至為難得。

九三是謙卦的主爻，也稱為卦主。因為全卦只有這個陽爻，位居山的頂上位置，仍然謙虛。倘若沒有九三這一陽爻，便不成「地中有山」的象，可見其重要性。勞謙的意思，還可以擴大為勤勞而且謙虛，不居功，也不辭勞苦，卻能夠始終保持謙虛的美德，真的令人非常敬佩。

謙 ䷎ 九三，勞謙，君子有終，吉。

九三以陽爻居陽位，當位有所得。這時來到下艮的山頂，雖然備極辛勞，而且有貢獻，有成就，卻能夠保持謙虛的美德。使人覺得功高而不傲，勞苦也無怨。上下都服，不是服九三的貢獻，也不是服九三的勞苦，而是服九三的謙德，能夠堅持到下艮的終點，象徵修好了艮謙的功夫，當然吉祥。

功勞再大，貢獻再多，也能堅持謙恭禮讓。

四、六四自然而然發揮謙德

謙卦（䷎）下艮上坤，同樣是謙，卻有「坤謙」和「艮謙」的不同。謙謙君子，需要以謙卑的心態來約束自己。謙虛的美德名聲遠揚的鳴謙，還需要堅持貞正才能獲吉。到了勞謙的階段，已經顯得君子有終，下卦艮謙的修養，至此告一段落，可以說自我充實的功夫已告完成。上卦坤德，即將發揮謙的能量，以柔克剛，並能無往而不利了。

謙之又謙，前面一個謙指「艮謙」，後面的又謙，便是「坤謙」。從六四開始，即將自然而然地發揮良好的功能。

謙卦六四爻辭：无不利，撝謙。小象說：无不利，撝謙，不違則也。「撝」的意思是發揮，「撝謙」即發揮謙德的功能，「不違則」便是不違背謙虛的原則。六四以陰爻居陰位，又是上坤的最下位。上對六五，下對九三，都能夠發揮謙卑的美德，所以無往而不利。不違則若是出於勉強，那就是「偽」謙。偽裝的謙德，是虛偽，很快就會被識破。必須自然而然，毫不造作，才是撝謙，足以發揮謙的力量。

六四居九三之上，稱為柔乘剛，通常這種情況並不好，但在謙卦這個大環境之下，六四對九三，必能自守柔順、謙讓的美德，不可能稍有驕態。六四上順六五，下對九三謙虛禮讓，當然无不利。彼此真誠相待，絲毫不勉強。

上坤是純陰，下艮畢竟屬於陽卦。地勢坤，山勢巍峨，水勢洶湧，火勢猛烈，同樣是勢，性質並不一樣。下艮仍有向上衝的氣勢，在偉大中力求平凡。上坤卻向下包容，在平凡中見偉大。坤謙所受的阻礙，要比艮謙少得多。

謙 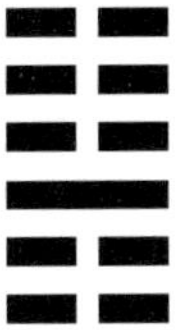 六四，无不利，撝謙。

六四以陰爻居陰位，當位，雖然在九三的上面，都順柔可親，並沒有柔乘剛的現象。因為上卦為坤，六四是坤德的開始。修好艮謙，開始要修坤謙，打算發揮謙德的能量，由修己而安人。有這樣的決心和毅力，當然無往而不利。

妥當發揮謙德的影響力，無往而不利。

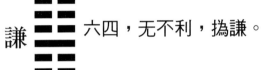

五、六五謙德極盛正己正人

謙卦（䷎）六五爻辭：不富以其鄰，利用侵伐，无不利。小象說：利用侵伐，征不服也。「不富以其鄰」，意思是不和左右、前後、上下的人，在富貴方面有所計較，反而容易產生更大的影響力。六五以陰爻居陽位，又是上坤的中爻，陰是小的象徵，以小居中，有不富之象。九三、六四、六五互震（☳），象徵具有震動的影響力，即為「以」。通常富貴的人士，比較容易獲得鄰人的幫助和奉承。六五不富，卻能夠發揮巨大的影響力，主要是謙德極盛，令人心服的緣故。這種得來不易的影響力，必須用來正己正人，發揮修己安人的效果。「利」是宜的意思，六五性質柔順，怎麼適合用來討伐呢？當然是由於得人心而有人願意出死力，所產生的力量。這種力量只能用以征討不服德化的人，並不能夠用來侵略他人。征不服，才无不利。

一般人興師動眾，全憑自己的富貴，足以威攝眾人。或者出錢獎賞，以求勇夫。謙卦六五，既不以富動員眾人，也不以貴吆喝大家。他所憑藉的，是平凡中顯現偉大的謙虛美德、謙讓美名，感動了大家，心甘情願地，毫無計較地，並不望報的出死力，一起討伐那些不服德化的人。倘若存心侵略，那就不吉了，因為違反了謙德的原則。

六五質柔，自然有人佐以威武。由於六五謙德極盛，這些威武的力量，才能用在正當途徑，不致引起懷疑。謙卦所說的侵伐，實際上用不著動武，大家同聲勸導，不服的人受到影響，也就心服了。一旦聲勢就夠了，根本不必動武。

謙 ䷎ **六五，不富以其鄰，利用侵伐，无不利。**

通常號召眾人，動員群眾，不是以富有的財力來利誘，便是用貴人的招牌來威脅。六五以陰爻居陽位，表示並不如此。秉持位居上坤中爻的正當性，發揮謙德的影響，不以富貴為號召，使眾人自願出死力，用來討伐那些不服德化的人，當然无不利。

不僅自己謙恭，也要盡力影響他人重視謙德。

六、上六聲譽遠播不失謙謹

謙卦（䷎）上六爻辭：鳴謙，利用行師，征邑國。小象說：鳴謙，志未得也；可用行師，征邑國也。

由於六五堅持謙德的原則，一方面禮賢下士，以謙恭的態度對待同樣謙虛的君子，一方面透過影響力，促使那些不懂得謙德，或者心有不服的人，也能夠重視謙德而心悅誠服。上六以陰爻居陰位，自然更加聲譽遠播，所以再一次鳴謙。六二鳴謙，是居中得正，而且九三、六四、六五互震，六二在互震下方，有雷鳴之象。上六則在互震的上方，不是被九三親比、賞識而聲名遠揚，而是與九三正應，為大眾所敬仰，爭相頌揚的結果。上六鳴謙，出自群眾，當然勝過六二鳴謙，主要來自上級的賞識。這種受到群眾擁戴卻能不失謙謹的鳴謙，適宜於興師動眾，促使國內的人，普遍重視謙德，使國際聞名，知道我們以謙立國。六二鳴謙，是中心得也，為什麼上六鳴謙，卻是志未得也？因為易卦通例，到了上位，便呈現物極必反的情況，令人看到謙卦上六爻時，難免有一種能否全終的懷疑？所以上六的鳴謙，一方面是群眾口耳相傳，一方面則由上六自己有所鳴，表現出全終的決心和毅力，這是謙卦非常特別的地方，為其他卦所不能及。可見謙卦沒有過分的可能，必須持續謙謹，終生奉行。興師征服自己人，並非對外宣戰。先促使自己人重視謙德，再擴大影響到國際，是平天下的一種方式。現代話稱之為影響力，六五不以利誘、上六威脅自家人，對全世界都是良好的示範，地球村民好好學習吧！

上六，鳴謙，利用行師，征邑國。

謙 ䷎

上六以陰爻居陰位，固然當位，又與九三正應，當然很好。但是易卦通例，凡事發展到極端，一卦發展到上位，都有物極必反的現象，只有謙卦例外，仍然可以鳴謙，用實力來發揚謙德，還可以憑謙德來有所作為，合理表現在興師動眾，用以促使自家人重視謙德，務求揚名國際，收到平天下的效果。

國內普遍篤行謙德，揚名國際，以平天下。

我們的建議

1 謙卦（䷎）安排在大有卦（䷍）之後，提醒大家，一旦大有就很容易驕傲而招致敗亡，必須趕緊以謙恭的態度，謙虛的心情，來長久保持大有的豐盛，才得吉祥。

2 謙字言旁，表示說話不能自滿，有德也不能自誇，這種恭敬退讓的謙德，最好在自己修養之餘，也能夠兼善天下。大家互相敬重，彼此都篤行謙德，生活得很快樂，這才是值得追求的幸福。人人講謙德，大家都有福。

3 謙之又謙，「謙」指修己，先把自己的謙德修好；又「謙」即安人。發揮謙德的影響力，促使不服德化的人，也能夠重視謙德。換句話說，先修好下卦艮謙，還要發揚上卦坤謙的精神，以柔克剛，使大家都能夠謙恭敬慎。

4 九三以一陽處群陰之中，倘若不是具有勞謙的美德，怎麼能夠贏得五陰的一致讚美？可見九三俱足了：功高不驕亢、貢獻大卻不居功，再加上「人不知而不慍」的修養。

5 反過來說，九三在群陰之中，受到眾多柔和謙順的影響，又沒有其它的陽爻相對抗，有助於化除原本具有的暴戾自大的氣息，所以勞謙之餘，也應該心存感謝。

6 有實力能謙虛才是美德。沒有實力，不得不低聲下氣，這是因循懦弱，不能夠無往而不利。有實力不能謙虛，那就自作自受，等待遭受無情的打擊，也不能无不利。

第七章　如何看謙卦的象數理

易經透過象、數的互相印証，
可以參悟背後所蘊含的道理。

象就是現象，數便是數據，
有現象也有數據，更需要說出道理。

現象與數據能配合，或不能相合，
其中必然有一定的道理，要仔細研判。

象數理一以貫之，比較容易瞭解真相，
不能一貫時，務必細心考察、用心思慮。

謙卦慎始善終，務必從妥當話說起，
對方樂於接受，自己也表達謙虛的心聲。

從綜卦、錯卦來相互比較，
更能夠領悟謙卦的象數理。

一、謙卦象徵慎始得以善終

我們常說「慎始善終」，乍聽之下，還以為慎始必然善終，事實上並不一定，有時候慎始可以善終，有時候慎始卻無法善終。謙卦（䷎）是六十四卦當中，唯一能夠慎始善終的特例。

從卦象來看，下震上坤，象徵外圓內方，外柔內剛。以柔順開始，也以柔順結束。當中有一陽爻，剛好位於下艮的上位，表示原本有能力，矗立於大地之上，現在卻謙恭禮讓，願意屈居低位。好像有才華的君子，不但不以才華傲人，也不以德行自居，保持樂天知命的心態，堅持不與人爭的原則，逐漸由謙謙、鳴謙、勞謙、撝謙、用謙，最後以鳴謙圓滿結束，不但具有堅強實力，而且深得圓通的要旨。六十四卦之中，除了謙卦之外，各爻的爻辭，多少都有一些不吉的警示，而唯只有謙卦，各爻皆吉，實在非常難得，值得大家用心玩味，以體會謙卦的美妙。

再看各爻的數，六二、九三、六四、上六當位。六二居中得正，奠定堅實的良好基礎。九三為下艮的究位，不但不像一般位居下卦上位的九三那樣，常因陽剛亢進而多凶危。而且全卦五陰都能以柔順相配合，使九三成為謙卦的卦主。表示謙德的力量，確實深入人心，不同凡響。

把謙卦的象和數合起來看，正好符合動、入、深、顯、靜、代的順序，自然發展，絲毫不能勉強，更顯得合乎人性的要求，普遍受人歡迎，無往而不利。

從小養成謙恭有禮、謙虛實在、合理禮讓的良好習慣，一生堅持謙的美德，當然能夠慎始善終。

上六	6 鳴謙	⚋	第六爻（代）── 轉化自己的謙德為大眾的謙德	天道
六五	5 用謙	⚋	第五爻（靜）── 發揮自己的謙德影響不服的人	
六四	4 撝謙	⚋	第四爻（顯）── 順乎自然不違法則無往而不利	人道
九三	3 勞謙	⚊	第三爻（深）── 君子自強不息終能深入令人敬	
六二	2 鳴謙	⚋	第二爻（入）── 自己堅貞守正位中而心志益謙	地道
初六	1 謙謙	⚋	第一爻（動）── 初入社會即能以謙謙君子自居	

二、各人先從說妥當話開始

謙卦（䷎）起於內心的謙虛、禮讓，必須透過言行表現出來。謙卦上坤下艮，一陽五陰，象徵內心堅強，而言行態度，則十分圓通。謙字「言」旁，表示說話得體，不致傷害他人。「兼」的意思，是兼顧。兼顧什麼呢？兼顧自己和別人的觀感和立場，站在將心比心的基礎，把話說得妥當。中華民族在這一方面，深受易理的影響，採取相當獨特的方式，和其他民族大不相同。我們不用「實在」、「不實在」或「欺騙」、「不欺騙」這種虛而不實的「二分法」，認為「不說實在話便是欺騙」，肯定「不欺騙就應該說實在話」。我們採用「三分法」，既不欺騙，也不說實在話。我們所要說的，幾乎都是「妥當話」。稍微深入一些，仔細觀察，冷靜研判，便知道在中國社會，欺騙得使自己的良心不安，而且很快就會被揭穿，十分痛苦。但是說實在話的結果，往往十分淒慘，至少也不受歡迎。多少人一開口便成烈士，死得很難看，就是不明白說話應有的謙德，完全是自作自受，怪不得別人，也推不掉責任。

謙卦下艮上坤，象徵先修艮謙，然後才夠資格修坤謙。艮謙以適可而止為主旨，說話當然不能欺騙，但是說實在話，也應該適可而止，不能過分直率，令聽者受到傷害。平心而論，說實在話不是目中無人，便是口沒遮攔，實際都很不合乎謙德的要求。既然要兼顧自己不能欺騙，而他人又很難接受我們的忠言逆耳，說實在話的時候，當然應該加以適當的調整，以隨時隨地，都說妥當話為宜。

謙

言

言即說話，
用以表達謙虛的心聲。

兼

兼為兼顧，
兼顧說和聽雙方的感受。

不能說實在話 —— **以免** —— 聽者很不願意接受。
不能欺騙 —— **以免** —— 聽者很快就加以揭穿。
最好說妥當話 —— **務求** —— 聽者樂於接受。

三、把一陽五陰的卦比一比

六十四卦當中，有六個一陽五陰的卦，那就是復卦（䷗）、師卦（䷆）、謙卦（䷎）、豫卦（䷏）、比卦（䷇）、和剝卦（䷖）。其中屬於陰包陽（一陽被包圍在五陰之中），與感情具有密切關係的，則有師、謙、豫、比四卦。

師卦（䷆）的九二，為全卦主爻，接受六五的全權委任，統率上下五陰興師征戰。雖然年輕，也能剛中而應，做出良好的表現，在上下同心的氣氛下，完成艱鉅的任務。

謙卦（䷎）的九三，為全卦卦主，受到五陰衷心的敬重，卻能勞苦功高而不驕亢，謙虛有禮而不自誇。完全沒有恃才傲物、恃寵而驕、恃富而凌人的不良習慣。

豫卦（䷏）的九四也是主爻，以一陽爻而應上下五陰爻，要旨只在一個「誠」字，獲得與眾同樂的無比喜悅。

比卦（䷇）的九五，以陽爻居中位，有顯比的象，表示以光明正大的原則來做人做事，自然成為卦主。

易理以稀為貴，一陽五陰，陽為稀而貴，所以都成為主爻，也就是卦主。象徵陽爻在眾陰爻包圍的氣氛下，顯得特別重要。可以說都是眾人矚目的人士，影響力很大。

由於二多譽、三多凶、四多懼、五多功，師卦和比卦的陽爻，比較容易行事。而謙卦、豫卦的陽爻，想要達成預期的使命，必須加倍努力。特別是謙卦九三，能夠擺脫常見的凶危，獲得勞謙的美名，更是難能可貴。

象、數、理的一以貫之，從師、謙、豫、比四卦的比較當中，可以獲得進一步的瞭解，多多體會，必然能領悟得更深。

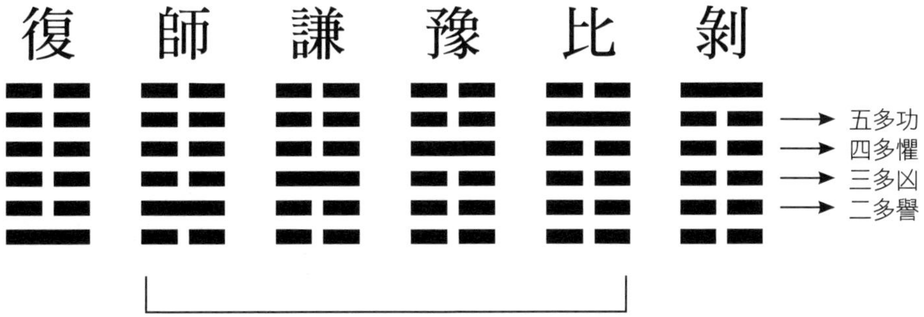

一陽五陰
似陰包陽
充滿感情
陽稀為貴
成為卦主

四、從綜卦和錯卦觀看謙卦

綜卦的意思，是全卦顛倒過來。初爻變上爻，二爻變五爻，三爻變四爻，四爻變三爻，五爻變二爻，而上爻則變為初爻。謙卦（䷎）的綜卦，便是豫卦（䷏）。序卦傳指出：有大而能謙必豫。把豫卦安排在謙卦後面，表示大有發展的人士，倘若能夠謹守謙卦的法則，必然能夠獲得內心的悅樂。宇宙萬物，前後、左右、上下、正反，都互相對待。易經六十四卦，除了乾為純陽、坤為純陰之外，其餘六十二卦，都是有陰有陽。這些互相對待的事物，又有其相通的道理。綜卦的關係，可以說本質不變，而現象有異。六十二卦之中，除了坎卦（䷜）、離卦（䷝）、頤卦（䷚）、大過卦（䷛）、中孚卦（䷼）、小過卦（䷽），正反都一樣之外，其餘五十六卦，都各有綜卦。兩者意義相對，卻能相合為一體。最好合起來看，不要分開來想，更為貼切。

錯卦的意思，則是陰陽交換，陰變陽，陽變陰。最明顯的錯卦，就是乾卦（䷀）和坤卦（䷁）。八卦之中，還有水（☵）火（☲）相錯，風（☴）雷（☳）相錯，山（☶）澤（☱）相錯。兩卦的陰爻和陽爻，完全相錯，所以也稱為旁通卦。有正必有反，實則兩者同時同處存在，相輔相成，交替作用，才使得萬物有機會生存發展。謙卦（䷎）的錯卦為履卦（䷉），表示謙德不能光憑口說，講得再美、再動聽也沒有用。除非確實躬身實踐、一步一步向上精進，便無法產生真實的效果。

從綜卦和錯卦回過頭來看謙卦，應該可以看得更明白。我們隨後將把豫卦和履卦，做一番說明。

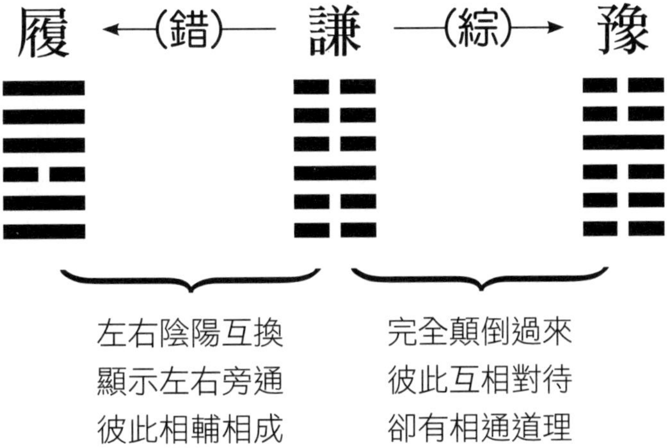
履
(錯)
謙
(綜)
豫
左右陰陽互換
顯示左右旁通
彼此相輔相成
完全顛倒過來
彼此互相對待
卻有相通道理

五、不在言語行為鋒芒樹敵

依易數看，謙卦（䷎）的初六和六五兩爻，以偶數爻居奇數位，稱為「失位」或不當位。初六象徵初出茅廬的年輕人，總是希望能在最短時間內，獲得豐厚的第一桶金。或者出奇招，裝成怪模樣，使大家知道這是一個不平凡的人。於是，動不動就要想辦法引起眾人的注意。最簡便的方式，莫過於言語鋒芒或行動鋒芒，而這兩者，正好是謙卦的大忌。所以謙卦初六，不以奇數爻來表象，改用偶數爻來警示：言語鋒芒，便要得罪別人，造成自己的阻力；行動鋒芒，就會惹起別人的妒忌，成為自己的破壞者。年輕人往往一開口便得罪人，一行動就惹人妒忌，以致阻礙重重，樹敵多多，還認為大家缺乏欣賞的能力，打壓能幹的人，如此一來，便和謙道漸行漸遠，甚至對謙道喪失信心。

六五更是難得，任何人來到這個地位，由於有錢有勢，難免利用財富引誘人、透過權勢威脅人。謙卦六五，以陰居正位，象徵雖然有錢有勢，卻不實施威脅利誘的方式，改採以謙德感化眾人。於是受感化的人和不受感化的人，自然形成相對的族群。這些受感化的人，看到六五居尊貴之位而保持謙讓的品德，不但不與比鄰爭富貴、比富貴，而且還擔負廣施謙德於天下的重責大任，必然自動發揮力量，以各種形式，討伐那些不服德化的人。

雖不當位，但能善用謙德的力量，也可以獲得吉利。年輕時不露鋒芒，實事求是。年紀大而居高位，更應該時時保持謙德，以德服人，自然己安人亦安，大家都愉快。

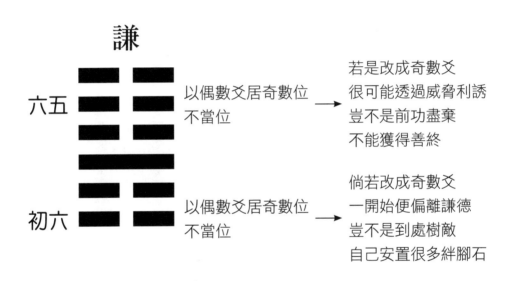

謙

六五：以偶數爻居奇數位，不當位 → 若是改成奇數爻，很可能透過威脅利誘，豈不是前功盡棄，不能獲得善終

初六：以偶數爻居奇數位，不當位 → 倘若改成奇數爻，一開始便偏離謙德，豈不是到處樹敵，自己安置很多絆腳石

六、謙是易經人生哲學關鍵

謙卦（䷎）的力量，當年周文王曾親身體驗過。以殷紂王的天資聰穎，反應敏捷，身強體壯，又能言善辯，使他非常自負，絲毫都不謙虛，更不能禮賢下士。人民看到紂王的暴虐自大，由失望轉而怨恨。諸侯開始背叛的，紂王更是加以「炮烙」刑罰，至為殘酷。文王尚為西伯時，聽到紂王殘暴，暗自嘆息，為紂王親信崇侯虎告發，也被囚禁在羑里，長達七年時間，幸虧西伯的大臣極力挽救才被赦免。西伯回到故里，表明願意獻出洛西地區，請求紂王廢除炮烙酷刑。他自己則修明政治、踐行謙德，把周國建設成一個禮義之邦。諸侯有感於文王的賢德，紛紛主動仿傚。由文王到孔子，五百餘年間，是炎黃子孫最為講求謙德的時期。周文王演易時，以謙卦為中心。統貫六十四卦的，就是「謙」（也就是「誠」）的精神。易經人生哲學，實際上謙是主要關鍵。從乾卦（䷀）開始，用九「群龍无首」。接下來坤卦（䷁），用六「利永貞」。泰卦（䷊）坤居外而乾居內，倘若不能守謙，一旦反轉過來，便成為否卦（䷋），但無論身處否泰，都應該以謙為重。唐朝郭子儀在五十多歲以前，一直擔任基層軍官的職務。安祿山造反時，唐肅宗才重用他前去平亂。然而獲得勝利後，卻換來肅宗的不放心，把他的兵權交給別人，郭子儀毫不在意。肅宗死後代宗即位，也擔心郭子儀功高難制，居然派他去守肅宗的墳墓，到了七十九歲高齡時，才又被代宗請出來平定另一場亂事。郭子儀的一生起伏不定，都以謙德安然渡過，並能自得其樂，十分難能可貴！

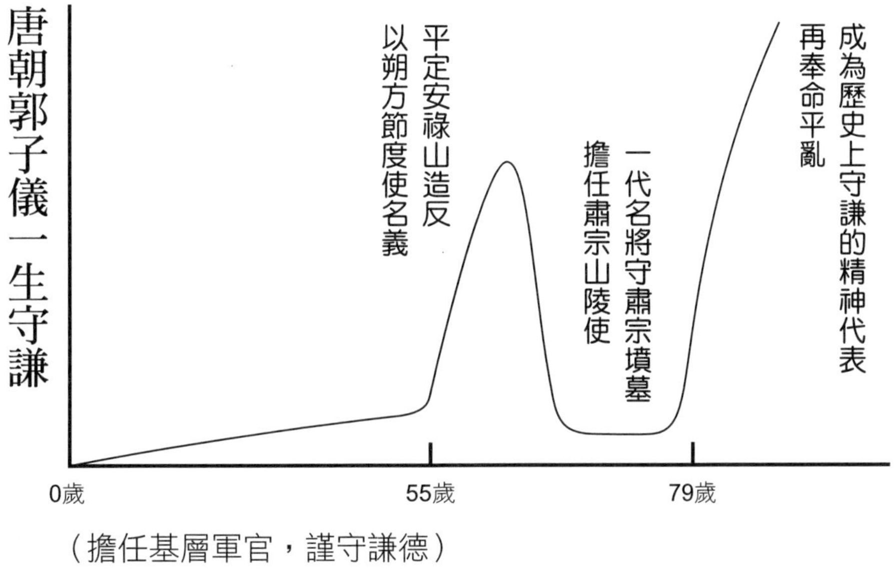
唐朝郭子儀一生守謙
平定安祿山造反
以朔方節度使名義
一代名將守肅宗墳墓
擔任肅宗山陵使
成為歷史上守謙的精神代表
再奉命平亂
0歲
55歲
79歲
（擔任基層軍官，謹守謙德）

我們的建議

1 謙卦（䷎）的卦象，艮下坤上，內卦「艮」象徵山，外卦「坤」象徵地，表示一個人內心知道抑止，外表顯得柔順，這就是普受世人歡迎的謙虛的態度。

2 從數來看，艮為五畫屬奇，坤共六畫為偶。奇數為陽而偶數屬陰，謙卦內陽外陰，表示內心很爭氣，也力求上進，但是外貌溫順，待人和氣，是內方外圓、內剛外柔，內心堅持原則，外表十分隨和的圓通，並不是圓滑。

3 把謙卦的象和數合起來看，自然的景象，原本是山高地低。謙卦內艮外坤，高山將自己貶低到地中，是謙虛的形象。本來是高山陽剛而地陰柔，謙卦艮奇在下，坤偶在上，高山低調得把自己置入地中，顯得十分謙遜。

4 謙卦的初六不當位，卻能夠積極地有所作為，使人覺得不是心虛（怕人家發現自己沒有實力，或者並不積極），而是真正的虛心（積極努力而態度謙恭不自大）。

5 謙卦六五不當位，卻能夠以德服人，使大家樂於為他盡力討伐那些不服德化的人。其餘四爻當位，都由於謙德而獲得吉祥。全卦六爻皆吉，是謙卦最難得的成果。

6 由謙卦（䷎）的象和數密切配合，我們可以推論背後看不見的道理，那就是為什麼自古以來，大家對謙虛這種美德如此重視。相信這種良好的品德，必然永遠為世人所讚揚稱許。

第八章　豫卦六爻有什麼啟示？

豫的意思，是得意，喜樂。
豫卦震上坤下，象徵順動、安和。
一人獨樂，勢必引起眾人的不安，
甚至於產生反感和憤怒，不能安和。
眾人同樂，還需要順動，
適時，適性，並且樂得有意義。
我們由鳴豫，貞吉，盱（ㄒㄩ）豫到由豫，
摸索豫道的真諦，瞭解悅樂的奧妙。
還要顧慮領導者的心情和雅量，
凡事適可而止，豫道也不能例外。
順著雷出地奮的自然景象，
體會自由合宜的喜樂言行。

一、初六鳴豫象徵得意忘形

豫卦（䷏）和謙卦（䷎）一樣，都是一陽五陰，而且初上兩爻都是陰爻，屬於陰包陽的卦象，和感情有密切的關係。下卦為坤，上卦為震。我們看到自然界雷聲迸發，使大地震奮的景象，很容易想像到人間的悅樂。所以豫卦的卦辭說：豫，利建侯行師。我們常說知足者常樂，表示天地生人，是希望人能常樂。不過有一個先決條件，那就是要知足。「利建侯」在易經出現過多次，只有豫卦把「建侯」和「行師」連在一起。因為上卦震為雷，震盪的範圍約為一百里，和古時的諸侯封疆大抵相近，所以有利建侯的象徵。在這個有限的領域內，興兵討逆安民，目的是為了使大家安居樂業。這樣的知足常樂，才能獲得真正的悅樂。

初六爻辭：鳴豫，凶。象說：初六鳴豫，志窮凶也。初六以陰爻居陽位，不當位。在全卦之中，只有初六與九四正應，難免得意忘形而自鳴得意，所以凶險。志窮的意思，是意志滿極，很容易心滿意足而目空一切。也可以說是窮極無厭，樂還要更樂，勢必樂極生悲，必然凶險。

小孩子受到讚賞，心中歡喜，從此聽不進難聽話，即為「鳴豫」。年輕人初出茅廬，受到上級的賞識，自鳴得意，不料因此引起同事的嫉忌，不免凶險。如果變本加厲，對上級提出更多的需求，後果如何應該可想而知。

鳥鳴求友，人鳴招忌。把自己的得意，當眾表現出來，以致意志難伸，是不是得不償失呢？鳴不見得不好，但必須得其時。初六的鳴，乃是不當其時，所以凶險。

豫 ䷏

初六，鳴豫，凶。

初六以陰爻居陽位，並不當位。象徵本身柔弱，卻喜歡誇張聲勢，稍有表現，便自鳴得意，所以凶險。我們常說小時了了，大未必佳，便是小時候受到讚揚，很容易認為自己很了不起而放棄努力，長大以後才知道人上有人，想努力也來不及了。少年得意，不是志氣太小，便是心目中沒有他人的存在。心滿意足而目空一切，當然凶險。

心中悅樂，最好不要自鳴得意，以免惹人討厭。

二、六二介于石能不忘憂患

豫卦（䷏）彖辭：豫，剛應而志行，順以動，豫。豫，順以動，故天地如之，而況建侯行師乎？天地以順動，故日月不過，而四時不忒；聖人以順動，則刑罰清而民服。豫之時義大矣哉！豫的意思，實際有預備，預喜、預悅的不同層次。人要求上進，稍有心得便心生喜悅，這是十分自然的事情。但是悅在心中，還是喜上眉梢，就應該自行掌握。如果不能充分做好準備，在不合適的時機，喜形於色，或者惹人妬忌，那就不如不豫了。剛應即九四爻，以一陽與五陰爻相應合，象徵獨樂之外，還能夠與眾同樂，當然志向得以施行。上坤為順，下震為動，這種順性而動的喜樂，才是合理的表現。天地的自然現象，便是順性而動，所以日月運行、四季交替，都不會出差錯。聖人順性而動，刑罰清明，百姓自然心悅誠服。可見合乎時宜，就悅樂而言，是多麼要緊！建侯行師，也要為民安樂而進行。

六二爻辭：介于石，不終日，貞吉。象說：不終日，貞吉，以中正也。六二以陰爻居陰位，又是下卦的中爻，由於居中得正，所以貞吉。「介」是界的意思，「介于石」便是我們常用的以石為介，像石牌一樣嚴守界限，而且堅定不移。「不終日」指不能整天悅樂，沉溺於安樂之中，而失去警戒心。死於安樂，即在提醒我們，在悅樂中仍然應該提高憂患意識，凡事適可而止，不宜過分。「不終日」還有深一層的意義——不必等到一天終了，才反省求改正，而是要時時刻刻提高警覺，喜悅中存有戒心，憂患中仍有喜樂，才能真正吉順。

豫 

六二，介于石，不終日，貞吉。

六二以陰爻居陰位，又是下坤的中爻，居中得正，象徵經過鳴豫，吃盡苦頭之後，知所悔改。或有明師指點，或自己領悟，躲過鳴豫的凶險，明白喜樂必須有合理的界限，好像立石以為界那樣。並且不能等到一日結束，才來反省，最好能時時提高警覺，提醒自己不要過分，以免招惹是非。能夠顧慮他人的觀感，找到悅樂的合理點，自然貞吉。

喜樂要將心比心，顧慮他人的觀感，以求安和。

三、六三盱豫顯然趨炎附勢

豫卦（䷏）大象說：雷出地奮，豫；先王以作樂崇德，殷薦之上帝，以配祖考。雷悶在地中，不如雷聲振動出來，對大地的影響更大。獨樂樂不如眾樂樂，由此可見，古代的明君，為什麼制作音樂，來禮讚美德？目的即在與眾同樂，共同勉勵修養品德。遠古的殷商時代，人們的意識裡已經有「神」的存在。既有眾多的自然神祇，又有死去的祖先神靈，自然會聯想起一位至高無上的神，稱為上帝，也就是天帝的意思。透過盛大的祭典，把音樂獻給天帝，用以配享歷代祖先，溝通彼此的關係，共享喜悅。

六三爻辭：盱豫，悔；遲，有悔。象說：盱豫有悔，位不當也。六三以陰爻居陽位，不當位，所以說位不當也。盱即向上看，引申為逢迎上級。九四是豫卦主爻，六三以柔承剛。也就是九四陽爻在上，六三陰爻在下，奉承討好迎合，這種喜悅並不正常，也不正當。最好能及早悔改，遲了必有所悔。還有深一層的解釋：基於易經「柔承剛則順而善」的道理，只要不存心討好，善意回應上級的旨意，應該是尊重上級的合理表現。不能因為第一次反應錯誤，心生後悔，從此便遲疑不定，不敢做出合理的回應，以致矯枉過正，也會招來悔恨。心術不正的與上同樂，有趨炎附勢的嫌疑，固然不好。對上級的悅樂，不能及時做出合理的反應，同樣會引起上級的不滿，而遭受譴責。最好是誠心誠意，適時合理與上級同樂，在嘗試錯誤中，尋求合理的度，以便互相適應，產生良好的默契，增強同心的效果。

豫 ䷏ 六三，盱豫，悔；遲，有悔。

六三以陰爻居陽位，有充能幹的傾向。而且位於下坤的上爻，很容易順得過頭，採取盱豫的態度。盱是向上看，迎合上級的喜悅。六三是下坤三爻中，最接近九四的一爻。而九四是豫卦的主爻，當然更加吸引六三的注意。九四有理由的正當悅樂，六三當然要順動，才合乎豫卦的道理。但是存心奉迎，畢竟不妥。最好及早悔改，遲了就會後悔。不存心討好，善意回應上級的喜悅，是合理的。不能因為第一次反應錯誤，便從此遲疑不定，不敢做出合理的回應。

卻應該善意回應上級的喜樂，而不存心討好。

四、九四由豫誠心與眾同樂

豫卦的道理，主要是上下建立良好的輔助關係。上級像雷出地那樣振奮，下屬應該有柔順的合理反應。下坤三爻，初六居於始位，一開始就做出鳴豫的反應，是心目中沒有六二的存在，自然不為上級所欣賞，所以凶。萬一初六鳴豫，而上級反而賞識，不是不明白道理，便是存心利用初六，使六二難堪，結果內部不和諧，也是凶。經過不明事理的鳴豫，吃過若干苦頭之後，能夠自省改善，便有機會登上六二的中正位置。若是堅守合理的原則，自然貞吉。六三又高了一位，難免不當奉承而討好上級，所以有悔。

九四爻辭：由豫，大有得；勿疑，朋盍簪。「由」是理由，「由豫」即具有正當理由的悅樂，將大有所得。不需要懷疑，可以和朋友同樂。「朋」指朋友，「盍」為合，「簪」是古代用來束縛頭髮的飾物，「朋盍簪」，便是如同把頭髮束在一起那樣，和朋友聚合在一起，共享和樂。九四是豫卦中惟一的陽爻，是全卦的主爻，稱為卦主。九四悅樂，會震動全卦，其他五陰爻，也都隨著悅樂。這種情況，是豫卦精神的最佳發揚，所以是具有正當理由的悅樂，大家都有所得。

象說：由豫，大有得，志大行也。九四一樂，眾人皆樂，証明春雷一響，萬物都欣欣向榮的偉大意志。一人樂而眾人皆樂，為什麼不樂呢？每個人都有所得，怎麼會產生妒忌心呢？不招人惹人，當然是具有正當理由的樂。人生的真正樂趣，即在己安人也安，己樂人亦樂。九四道出了豫卦的真義，也是大家努力的正確目標。

豫 ䷏ 九四，由豫，大有得；勿疑，朋盍簪。

九四陽居陰位，原本不當位，卻由於豫卦六爻，只有九四是陽爻，物以稀為貴，成為卦主。九四的特殊性，來順應自然的正當安樂。能夠己安人也安，己樂人亦樂。大家都有所得，九四自己也大有所得。在這種情況下，志同道合的人，大可不必懷疑，也不必猶豫，大家像頭髮被簪束住一樣，同心順動，與眾同樂。再大的志向，應該也能夠順利施行。

彼此同心，當然可以同樂，在喜悅中完成大志向。

五、六五貞疾知所危懼不死

豫卦（䷏）六五爻辭：貞疾，恆不死。象說：六五貞疾，乘剛也；恆不死，中未亡也。六五陰爻，位居九四陽爻之上，呈現柔承剛的狀態。一般而言，陰承陽的結果，大多逆而劣，所以說「貞疾」。「貞」為經常，「疾」即是疾苦。按理說六五是領導者，不應該耽於安樂，以免死於逸樂。幸好六五居上卦中爻，只要能夠堅貞守正，可以恆久不死。這裡所說的不死，並不是永生不死，而是「質雖柔而位未亡」的意思。原因是九四由豫，大家都有所得，不致威脅六五。

六五雖然居於尊位，但是九四才是卦主。可見六五有虛位而無實際的功能。雖然六五和九四相處和諧，共享安樂，仍以有位無權為憾，所以「貞疾」。幸好六五居中位，若為守正道，將不致為九四所廢棄，所以說「恆不死」。

九四以陽爻居陰位，原本是不當位的爻，卻由於得時的利，也就是在悅樂的時節，能夠大有得，所以成為卦主。九四與初六為正應，憑著這一層關係，使初六忘記自己的位卑而不正，假虛威而鳴豫，實在是下品，所以凶。

一卦分上下兩卦，各有一爻居於中位，也就是上卦五爻和下卦二爻。五爻為陽位，以陽爻居之為最尊。二爻為陰位，最貴的便是六二。但是，有時候六五稱為柔中，而九二也稱為剛中。六十四卦，五爻位不論是陰是陽，也就是不管是六五或九五，爻辭都沒有「凶」字，只要能行中道，便無大礙。豫卦六五能夠知所危難，恆不死是預料中事。換句話說，若是喪失中道，那就不能不死了。

豫 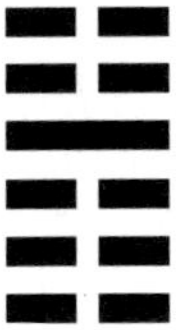 **六五，貞疾，恒不死。**

六五居上震中位，雖然以陰爻居陽位，屬於失位，卻能夠堅貞守正，還是可以和九四和諧共處，不致為九四所威脅。當然豫卦的卦主，不可能威脅任何一個陰爻，才符合豫道的要求。所以六五在九四的上面，雖然柔承剛的危險性很大，由於九四的由豫，依然可以共享安樂。只要六五自己想得開，不因大權旁落，自己有位無權而覺得痛苦，便可以長久保持位置而不死。

與眾同樂，不一定要領導者親自帶頭，不妨讓合適的人來主導。

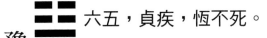

六、上六冥豫最好合理改變

豫卦（䷏）上六爻辭：冥豫成，有渝无咎。象說：冥豫在上，何可長也？

「冥豫」指昏迷的享樂，「冥豫成」，表示豫道的昏迷已經形成。昏天黑地放縱自己，正是上六居上震的極位，好像樂到極端，將要樂極生悲的樣子。「渝」為改變，「有渝」便是倘若能夠自我警惕，有改變的決心，應該可以无咎。我們也可以把標點改變一下，成為冥豫，成有渝，无咎。「冥豫」是迷於悅樂，缺乏憂患意識。「成」解做成功，事情明明成功了，卻有了變化，原先的喜悅，是不是一下子就幻滅、消失了？若是因為如此而能及時覺醒，當然也可以免除過錯。綜合這兩種觀點，上六居全卦頂端，有物極必反的傾向，因而必有變化。倘若不改變，那就迷惑享樂到了頂頭，那裡能夠長久呢？豈不是要樂極生悲，遭到報應了呢？

天地生人，原本有好生之德，希望大家快快樂樂過日子。但是人也有身為萬物之靈的一份責任。快樂要有意義，也有價值，才不辜負上六對人的期望。自己快樂，卻使他人受苦難；自己享樂，卻造成社會的不安。敗壞社會風氣，引起他人的嫉妒，甚至於憤怒、懷恨。這樣的逸樂，必然樂極生悲，遭受不幸的報應。豫卦的主旨，告訴我們雷出地奮，並不是天天都有的。來得正是時候，大家都心生振奮，十分歡迎，也跟著喜悅。來得不是時候，令人害怕，實在沒有什麼好處。「初六凶，六三悔，上六何可長也」，都是充滿警戒意味的字眼。六五貞疾不死、六二守貞而吉，都以「貞」為重。只有九四由豫大有得，可見不能「獨豫」而應「眾豫」。

上六，冥豫成，有渝，无咎。

豫 ䷏

上六以陰爻居陰位，當位。但是位居上震的上爻，又是全卦的頂端，有物極必反的危險性。往往一路走來，樂過了頭，難免樂極生悲。「冥豫」即迷惑於享樂，如果已經陷入此種情況，必須即刻作出改變，才能无咎。換句話說：在享受成功的樂趣，而玩味無窮時，忽然情況有所改變，倘若能夠及時覺醒，調整迷惑於享樂的心態，也算是一種不幸中的大幸，應該可以无咎。

樂不可極，千萬不能迷惑享樂，以免樂極生悲。

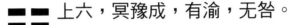

我們的建議

1 我們為了提倡善舉，表揚好人好事，日久成為形式，竟然使原有的美意，淪為沽名釣譽的工具。回想雷出地奮的合時、合理、合宜，應該知所調整，以合豫道。

2 兒童固然需要父母的親情、關愛和鼓勵，卻更需要合理的「界限」，以免一味鼓勵，使兒童養成只能聽好聽的話、聽不入耳難聽的話。長大以後，痛苦的還是自己。

3 我們一方面要自由自在地享受喜樂，一方面也應該設身處地想想別人的感受。會不會由於我們的喜樂，反而激起他人的傷感或是嫉妒心，甚至於憤憤不平？及早設立防線，畫定範圍，使自己的喜樂，不傷害其他的人。

4 一人安樂，又能兼顧他人，由己及人，逐漸擴展。這一人的言行，必定順著全體共同的心願，才能獲得大家的誠心順應。上震下順，獨陽為群陰所共應。上震合時得宜，下坤順承振動，唯有順性而動，才能與眾同樂。

5 生於憂患，死於安樂。因為憂患能加強我們的警覺性，而安樂卻會使大家疏於防範。若是因此而樂極生悲，豈不是平白遭受災難傷害？善於處樂，即為豫道的要旨。

6 人難免得意忘形，也不免迷惑於享樂。只要及時覺醒，做出合理的調整，依然有改善的可能。不善於處樂，歡樂很快就會離我們而去，恐怕不自我調整也不行。

第九章　履卦六爻有什麼啟示？

履的真義，是行為有禮，做事憑良心，
通俗說法，便是老老實實做人和做事。
不做非份的要求，不汲汲追求功名利祿，
這個道理好像人人皆懂，卻是知易行難。
老實人常吃虧，就看吃了虧如何反應？
若是因此對老實失去信心，勢必同流合污。
倘能從吃虧中獲取教訓，
明白老實也應該有老實的因應方式。
那就是履道的真諦，
必須用心領悟，細心體會。
一旦有了深入的心得，
自然可以老老實實地做人做事。

一、初九素履不作非份要求

履卦（䷉）的履，本意是穿鞋子走路，後來被引申為「禮」，要求合理實踐禮法。因為卦象是上乾下兑，上面晴空萬里，下面湖光清澈，象徵禮法健全，我們必須喜悅地履行。因為凡走過的必留下痕跡，所以「如臨深淵，如履薄冰」，成為我們為人處世的基本原則，人人都要遵行。

卦辭說：履，履虎尾，不咥（ㄉㄧㄝˊ）人，亨。老虎的兇猛，大家都知道。「履虎尾」是行走在老虎的尾巴後面，這是多麼危險的事情！「不咥人」，就是不咬人。走在老虎尾巴後面的人，一定要小心翼翼，不要踩到老虎的尾巴，否則牠回頭一咬，性命難保。不去踩牠的尾巴，牠認為沒有惡意，就不咬人。引申為遵循禮法而行，雖然危險，卻也亨通。

初九爻辭：素履，往无咎。象說：素履之往，獨行願也。「素」是不造作、不做假，老老實實做人做事的意思。「往」是向外，也就是向上。初九以陽爻居陽位，是當位的爻，但是位居全卦的始位，象徵剛剛踏入社會，對世道人心並不瞭解。與上卦的九四不能相應，因為彼此都是陽爻，導致互相猜忌而不能彼此信任。此時最好能規規矩矩做人，實實在在做事。在求上進的途中，不致有所禍害，所以无咎。通常我們的經驗，告訴我們老老實實做人做事，時常會吃虧，殊不知這樣的吃虧，不過是表面上佔不到便宜，實際上卻獲得了大家的信任，反而是一種不容易得到的佔便宜。這種想法，既不能勉強，也不能做成規定，只能自己有意願，決心要這樣做，所以說「獨行願也」，自願如此，便沒有任何阻礙，可以往无咎。

履 ䷉

初九，素履，往无咎。

初九以陽爻居陽位，當位，象徵正當有為的年輕人，是全卦的始位，表示開始在社會上做人。最要緊的是做給自己看，而不是做給別人看。這時候想要引人注目，除了奇形怪狀、言語唐突、行事怪異之外，似乎別無他途。不如規規矩矩做事，老老實實做人。用樸實無華的素履，做為自己的人生指南，並且奉行不怠，再怎麼做也不會出差錯。先把自己做好，再看往後應該如何發展，才是保平安的要領。

老老實實做人做事，先把自己這個人做好。

二、九二貞吉不致自亂步伐

履卦（䷉）彖辭說：履，柔履剛也；說ㄩㄝˋ而應乎乾，是以履虎尾，不咥人，亨。剛中正，履帝位而不疚ㄐㄧㄡˋ，光明也。彖辭用來說明卦辭的含義，通常從陰陽剛柔的發揮，來解說這一卦的卦象。履卦內兌外乾，兌為陰卦主柔，乾為陽卦主剛，所以彖辭說：履，柔履剛也。「說」即悅，以和悅的柔，順應上乾的剛，因此「履虎尾」，也不致為虎所咬。行走在危險的虎尾後面，虎居然不咬人，當然亨通。「剛中正」指九五陽爻，居中又正，象徵光明正大。「疚」為愧疚，以九五的中正，就算居帝王高位，也不必愧疚。因為全卦除了六三是陰爻之外，其餘五陽爻，都將熱烈響應。履卦的九二、六三、九四為離，代表光明的景象，所以說「光明也」。

九二爻辭：履道坦坦，幽人貞吉。象說：幽人貞吉，中不自亂也。道指道路，坦坦為寬闊平坦的樣子。履道是人們實踐做人做事的道路，對於幽人來說，是寬闊平坦的。什麼叫「幽人」呢？九二以陽爻居陰位，與九五不相應。不當位且不正應，怎麼辦呢？只有自己打定主意，做一個幽靜平和的人，自安於幽隱，謙卑禮讓而不炫耀，倘能堅守這樣的正道，必然吉祥。因為九二居下兌中位，只要不自亂心志，和六三又有陰承陽的不良關係，自然會更加謹慎，不敢偏離正道。九二以剛居中，如果不能守正，很可能恃才傲物，不但不能自隱其才，而且看不起上級的軟弱無能，往往忘記了自己的處境，招來很多不必要的阻力，那時候履道就不是坦坦，而是崎嶇難行了。

履 ䷉

九二，履道坦坦，幽人貞吉。

九二以陽爻居陰位，不當位，與九五不正應。象徵一般人老老實實做人做事，有了一些成績，便認為務實的效果良好。以為履道原來十分平坦，可以這樣一路走下去。於是憑著下兑中爻的優勢，不但不能自隱其才，而且恃才傲物，看不起上級的軟弱無能。九二爻辭，特別提出「幽人貞吉」的警示。告訴我們心目中除了只有自己以外，還應該有別人的存在。做給自己看之外，也應該做給別人看。只有以幽靜平淡的態度，不汲汲於功名，才能履道坦坦，不然的話，很可能崎嶇曲折，寸步難行。

老實之外，還要為他人設想。凡事禮讓三分，路更寬廣。

三、六三雖有凶險志剛有為

履卦（䷉）大象說：上天下澤，履；君子以辯(ㄅㄧㄢˋ)上下，定民志。履卦上乾下兌，乾為天，兌為澤，所以說「上天下澤」，是履卦的自然景象。「辯」即明辨，分辨清楚的意思。君子明白履卦上天下澤的道理，應用在日常生活中，必須明辨上下的和順之道，就像上天和下澤那樣，彼此和諧相處。履的現代意義，應該是遵守禮法，並且確定履行，用這種心態來教化百姓，安定百姓的正確觀念和實踐心志，是履卦的主要訴求，迄今仍然合乎時代的要求。

六三爻辭：眇(ㄇㄧㄠˇ)能視，跛(ㄅㄛˇ)能履，履虎尾，咥人，凶。武人為于大君。象說：眇能視，不足以有明也；跛能履，不足以與行也；咥人之凶，位不當也；武人為于大君，志剛也。「眇」字兩隻眼睛少了一個，顯然有一個眼睛看不見，走起路來自然看不清楚，雖然有一個眼睛還能看，卻不足以看明白。「跛」為跛足，行走時覺得不便，雖然還能行走，卻不能像正常人那樣靈活。六三以陰爻居陽位，既不當位，又不居中，有如視力不佳的人，要勉強看清楚，行走不方便的人，想和平常人一樣行動。在這種情況下「履虎尾」，走在老虎尾巴的後面，一不小心踩到虎尾，必然被虎咬傷，當然凶險。六三以陰乘陽，位於九二之上，所以說位不當也。「武人」指有武力卻缺乏美德的人，六三以陰爻而位居九二和初九兩陽爻之上，難免不自量力，想登上大君的寶位，顯然心志過分剛烈，才會導致「咥人」的凶險。倘若六三安守本份，按照坤卦六三爻行事，應該可以有為而免禍。

履 ䷉ 六三，眇能視，跛能履，履虎尾，咥人，凶。武人為于大君。

六三以陰爻居陽位，又是下兌的上位。主要是初九素履，九二幽人貞吉，效果都很良好，便藝高人膽大，自認為一隻眼也能看清楚，跛腳也不輸給正常人，不料陰溝裡翻船，不小心踩到老虎尾巴，被咬了一大口，當然凶險。口碑再好，對自己再滿意，免不了會出差錯，萬一失敗，不必怪別人，自己反省，是不是「武人為于大君？」只有一點武藝，便想像自己可以成為偉大的人物？想通了，及時改正，就可免於凶禍。

不因小有成就，便藝高人膽大，以免陰溝裡翻船。

四、九四愬愬知所戒懼終吉

履卦（䷉）下兌上乾，可以合起來看，初九涉世未深的人，最好老老實實，把務實的功夫實踐好。九二指明白履道的人，信心堅定，不汲汲於追求功名。六三是盲昧的遵行，反而見解不清，行為也欠適當。九四成為幹部，九五高位首長，然後事極必生變化，上九大多專斷而行。如果分開來看，下兌三爻，是由實實在在到合理應變。上乾三爻，則是由應變到變革，都需要合理。當然，也可以用三分法。初、二兩爻為地道，以務實為主；三、四兩爻為人道，以應變為主；五、上兩爻為天道，以合理為主。

履卦九四爻辭：履虎尾，愬愬，終吉。象辭說：愬愬終吉，志行也。「愬愬」即戒懼的樣子，九四為上乾的始爻，又是陽爻居陰位，並且靠近九五君位，就好像真的履虎尾。好在抱持謹慎、戒懼的心態，所以終能獲得吉祥。九四不當位，與初六也不是正應，在這種情況下反而能提高警覺，認為與九五好好配合，懷著「伴君如伴虎」的心情，志行當然可以實現。可見不中不正，只要戒慎恐懼，時刻反省，謹守分際，應該可以獲得終吉。易經時時提出警告，卻也處處提供轉機。用心良苦，於此可見。

九四是幹部，最需要的是應變。缺乏原則，志向不堅定，很容易變成投機取巧，那就是圓滑，不可能終吉。必須堅持原則，謹慎恐懼地行事，才是真正的隨機應變，稱為圓通，也才能終吉。圓通而不圓滑，是應變的主要關鍵。為公益而變通，是圓通；為私利而變通，大多是圓滑。

履  **九四，履虎尾，愬愬，終吉。**

九四以陽爻居陰位，與初九又不相應，象徵經過六三的一番波折之後，已經知所戒懼。做人做事，除了務實的功夫外，還需要有應變的能力。「愬愬」是謹慎戒懼的樣子，只有抱持這樣的心態，在老虎尾巴後面行走，才不致誤踩老虎的尾巴而闖禍，所以最終獲得吉祥。換句話說，倘若不能戒慎恐懼，那就不可能終吉了。

檢討自己的缺失，再接再厲，務求加強應變能力，以求制宜。

五、九五夬履當機立斷而行

履卦（䷉）九五爻辭：夬履，貞厲。象說：夬（ㄍㄨㄞˋ）履貞厲，位正當（ㄉㄤ）也。九五以陽爻居陽位，又是上乾中爻，可以說居中得正。可惜與九二不正應，而上下所比，又都是陽爻，在這種情況下，難免剛烈自負、剛愎自用，即使守正道，也十分危險，所以說「貞厲」。「厲」是危險的意思，雖然比「吝」和「悔」好一些，終久不是吉。上乾下兌，表示在下者能夠和悅順從，但是領導者過剛，仍然有相當程度的危險性。一般而言，當位卻不吉，必然有特殊的情況。履卦九五剛中，下卦兌又過分和悅順從，倘若九五稍有偏離正道，恐怕不是貞厲而是凶了。「夬」是堅決的意思，九五陽剛，居於尊位，所以稱為「夬履」，由於能夠正當合理地當機立斷，可免危厲。

領導者當機立斷，顯得很有魄力，卻難免被罵專制，甚至於說成獨裁。倘若猶豫不決，或者拖延時日，又被嘲笑為無能，或不能果斷。這種兩難的困境，必須用「兼顧」的方式來突破。我們把專制和獨裁區分開來，立下拒絕獨裁的決心。然後確立「決定之前，廣開言語，聽取各式各樣的意見。決定之後，果決行事，不再變動」的原則。有時間能拖便拖，不立即做成決定。沒有時間時，必須當機立斷，絕不猶豫。當然，什麼情況能拖便拖，什麼情況當機立斷，仍然以當時當地的合理點，做為判斷的標準。

領導者中正嚴格，必能有成。但是剛愎自用，雖也會有危險。貞是堅持合理的貞操，厲可以解釋為更加自勉。在決定之後專制，是當機立斷的表現，不能偏廢。

履 ䷉

九五，夬履，貞厲。

九五以陽爻居陽位，又居上乾的中位，既中又正，象徵經歷許多磨練之後，終於有機會登上大位，難免剛健大膽，果斷決裁，顯得很有魄力。這時候必須守正，避免剛烈自負，而又剛愎自用。領導者的兩難，包容或專斷，都有相當的難度。最好熟悉部屬的人情，做到上下溝通流暢，可免危厲。

領袖要明白人情的重要，務求上下交心。

六、上九視履考詳大可慶幸

履卦（䷉）上九爻辭：視履考祥，其旋元吉。小象說：元吉在上，大有慶也。「視」為審視、查看，「履」指經過的履歷。上九居全卦的上位，可以審查自初九到九五的經歷，履行到什麼程度？是不是合理？「考」為考察，「祥」是各種得失的吉祥面，並不計較凶險的那一面。考察的時候，當然有得有失，有吉也可能有凶。但是易經抑陰重陽的精神，主要在激勵人們的積極思想，也就是正面思惟，所以只考祥不考不祥。「其」指上九，「旋」為旋轉。「元吉」則是旋轉回到原點（即為初九）可獲大吉。因為審查考核各爻的表現，仍以初九的素履（老老實實做人做事）最為踏實可貴。上九雖然高居履卦的頂點，卻由於有了這樣的領悟，不致高亢，反而得到大吉，証明高居上位，照樣可以大有吉慶。

初出茅廬，對社會尚未深入瞭解，最好是老老實實，抱持誠心誠意的態度，好比什麼都吃，自然也要吃虧。上當的結果，如果只是抱怨、懷恨，就得不到什麼好處。吃一次虧、上一次當，卻能夠獲取教訓。不改老實的初衷，只是在將心比心和協調合作方面多所改善。於是小心謹慎，不汲汲於功名。發覺世道艱難，卻也有平坦的路可走，於是藝高膽大，不自量力而盲目踐履行事，並且眼高手低，心志太過暴烈，又招惹凶禍。好不容易養成戒慎恐懼的態度，又以果決貞正的行為，免去危厲。痛定思痛，決定回到原點，規規矩矩做人，實實在在做事。孔老夫子七十而從心所欲，不逾矩，應該是「元吉在上，大有慶也」的寫照。

履 ䷉

上九，視履考祥，其旋元吉。

上九以陽爻居陰位，又是全卦的上爻，按照常理，應該是事極必反。幸好與六三正應，從六三的「咥人凶」，體會出自己的處境，不但和六三（居下兌的上位）相似，而且更為高亢危險。於是考查初九到九五的履歷，發現回歸初九的原點，採取素履的態度，最為吉祥。以上九的地位，能夠這樣返本歸真，元吉在上，自然是大有慶也。

回歸原點，具有充分應變經驗的人士，應該可以老實做人而不吃虧。

我們的建議

1 初入社會，總是抱持滿腔熱寫。往往只看到表面的光明，而不瞭解社會的陰暗面。身入社會以後，對於陰暗的發見愈多，熱望愈減，而失望日增。於是由喜歡轉變為厭惡，甚至認為唯有同流合污，才是適者生存之道，陷入嚴重的錯誤而不自知。

2 履卦（䷉）告訴我們，從長遠看，社會總是向好的方面進展。就算漫漫長夜，總有天亮的光明。履卦給我們兩個方向：一是向陰暗低頭，一為盡責任促進社會光明。請各位捫心自問，到底要走哪一個路向？才算善盡做人的責任？

3 把社會看成醬缸，認為自己只有跳進去，接受陰污的洗禮外，別無良策——這是自暴自棄的態度，並不可取。就算履歷表填列一大堆，也毫無成績，並沒有什麼價值。

4 最好細心體會履卦（䷉）的啟示，悟出其中的道理，並且真誠地親自實踐，負起改造社會的責任，卻不危害自己和家人的生活，這才是兼顧的做法，面面都要顧及。

5 履道坦坦，原本是自然的規律。可惜人類的認知錯誤，卻自以為是，為世道添增許多無謂的曲折離奇。聰明反被聰明誤，我們往往只看到小的，卻忘記了大的。

6 禮是為人處世的根本，是謙恭、謙虛、謙讓的德行表現。禮即履、謙恭有禮，才是謙德的履行。做得到才算數，做不到不必做假，因為虛假的禮，必然有詐。

第十章　怎樣看待豫卦和履卦？

豫卦教人喜樂，履卦教人實踐，
說起來人人都會，做起來實在困難。
最好把各種相關因素，都深入瞭解，
才能將知易行難，改變成知難行易。
每一卦都有象、數、理的連鎖作用，
也都有錯綜複雜的卦形變化，十分有趣。
運用階升法，每一爻逐一加以改變，
可以變成六個不一樣的卦，彼此息息相關。
還有中爻互卦，以及相關的變化，
實際上都和原卦的意義有密切關係。
易經六十四卦，確實是牽一髮動全身，
在仔細玩賞領悟外，更需要親自實踐體會。

一、豫卦履卦都是知易行難

天下事有「知難行易」的，也就有「知易行難」的。陰陽互相對待的現象到處可見。當然陰陽會互變，知難行易可能變成知易行難，知易行難也可能變成知難行易，主要關鍵，在於我們的意志，想要怎麼樣，就會怎麼樣，果然是心想事成。

豫卦（䷏）下坤上震，上動下順。九四以一陽出於地上，象徵雷聲自地而出，其聲隆隆。全卦只有九四這一陽爻，其餘五陰，都採取順動的姿態。其中六三以陰爻而居下坤的上位，才弱志剛，不免對九四親順；卻對六二擺臭架子，認為初、二、三這三個陰爻，自己最接近九四，因而神氣十足。這種媚上傲下的風氣，很容易漫延，要想加以改變，實在是難上加難。儘管六三爻辭：盱豫，悔；遲，有悔，已經說得十分清楚，實際上仍然是言者諄諄，而聽者藐藐。就算心生厭惡，也免不了掉入這種可惡的陷阱。

履卦（䷉）下兌上乾，天的種種形象，都清清楚楚地反映在澤上。象徵上行下傚，絲毫不能馬虎。我們常說上樑不正下樑歪，便是履卦的最佳寫照。從九四愬愬、九五夬履，到上九考祥，都應當以身作則，扮演好自己的角色，期使初九素履，九二幽人貞吉，能夠知所仿傚，於是六三武人，自然不敢為于大君，反而明白自己既然與上九正應，那就應該以六三乘九二（小人位於君子之上）為戒，促使自己由柔變剛，以期下卦為乾。再以乾卦（䷀）九三爻辭：君子終日乾乾，夕惕若，厲无咎自勉。對於整個履道的發揚，克盡一份子的心力，也就化凶為吉了。

豫

六三 ← 以柔居剛（九四）下位，
有媚上的傾向。
認為自己最接近九四，
因而看不起六二和初六。
媚上傲下，
大家都知道不好，
卻經常避免不了，
是什麼道理？

履

六三 ← 以柔乘剛（九二），
又與九五正應。
不免自視甚高，
忘了自身並不當位。
眼高手低，
大家都認為不妥，
卻很難擺脫，
又是為什麼？

知易行難，實際上是知得不透徹。

二、豫道順時而動向外顯象

很多人說中國人沒有時間觀念，這是一種不明究理的想法。易經最重視「時」和「位」，每一卦的代號，譬如九五、六二、上九、初六，都是「時」、「位」和「性質」三合一的稱呼。在這三者之中，我們最常於日常生活中聽到「時也、命也」，可以推論我們特別重視「時」的變動。

六十四卦中，彖辭特別提出「時」、「時用」、「時義」而讚歎為「大矣哉」的，一共有十二卦。豫卦（䷏）便是其中之一，彖傳說：豫之時義大矣哉！「時」指時間性，「時用」為配合時宜所產生的功用，而「時義」則是因時轉移的重大意義。天地的行動順應自然，人的行動也不能違反自然。自然界的時序，有其特殊意義。人的逸樂，當然也要講究它所代表的意義和價值。我們每一個人，都有自認為得意的事情，不論有沒有價值，總是忍不住要說給大家聽，期望從別人的回應中，滿足自己的高人一等。這種向外顯象的表現，合不合乎時機？產生什麼樣的影響？有沒有意義？具有什麼樣的價值？可見順時而豫，意義特別重大。古人寓教於樂，主張透過逸樂，來推行教化。現代人為追求官能的刺激而樂，既對外界造成不良影響，又不能順應時宜，實在是不明白豫道的時義，完全不能體會大矣哉的警語。對豫卦爻辭凶、悔的警語，未能深入領悟。

把對方的得意事，當成溝通的橋樑，這是常用的法則。然而對方當時的心情如何？對我們的觀感如何？提出的時機對不對，仍然是成敗的關鍵，不能不特別加以留意。

易經特別重視「時」

䷏

豫象：豫之時義大矣哉！
豫是人逢喜事精神爽，
　容易喜形於色而向外顯象，
　若是因此招惹妬忌，甚至憤憤不平，
　反過來造成不利，豈非樂極生悲？
得意忘形，正好提供他人利用的機會，
　趁機戴高帽子，如何抵擋得了？
現代人過分追求官能的刺激，不合乎豫道的要求。

三、共患難是豫道的試金石

我們說共歡樂容易而共患難難，便是豫道的卦外之義。歡樂時光，大家都想想分享，患難來時，逃之唯恐不及。這原本是人之常情，為什麼要加以批評，設法改變呢？易經倡導以禮履世，把履卦用禮來解釋。用意即在發乎情而止乎禮，藉由樂與禮的相乎應、相輔成，禮中涵有樂，大家才樂於踐行，樂中有禮，才能從心所欲而不逾矩。

孩童愛哭愛鬧、愛笑愛吵，我們尚且要耐心教導。年輕人喜怒形於色，我們會認為沒有家教，年紀大了，還不能用理智指導感情，就算頗有成就，大家也會在心裡竊笑。

把豫卦（䷏）和謙卦（䷎）合起來看，同樣是五陰一陽，而且唯一的陽爻都在人位，也就是豫九四和謙九三，為什麼一居四、一居三，僅有一位之隔，都是豫和謙的差別？因為謙卦九三，以一陽謙遜居下卦而受尊，只要守中不變，堅持自下於人，並不求他人要怎樣回報。大家看到謙九三勞謙不息，自然萬民誠服，而獲得終吉。豫卦九四，以一陽而居人位之上，需要朋友齊心同歡，才能大有所得。謙九三屬於內卦，象徵自己要謙虛禮讓，自力即能完全控制。豫九四屬於外卦，內坤三陰倘若只能歡樂卻不能共患難，豈不是「生於憂患，死於安樂」？謙卦爻辭多吉語，豫卦爻辭多警示，值得我們細心玩味，小心豫道艱難。

人生不可能一帆風順，遲早總有曲折。逸樂時朋友皆兄弟也，患難時翻臉好像並不相識，甚至於冷嘲熱諷，落井下石，此時發牢騷罵人又有何用？還是及早調整自己的豫道為安。

豫

九四

共歡樂容易
共患難不易

都是一陽五陰，
只不過九三、九四不同。
九四在外卦，
需要下坤齊心同歡，
才能大有所得。
九三在內卦，
只要自己謙虛禮讓，
自力即能完全控制。
豫卦爻辭多警示，
謙卦爻辭多吉語，
這是為什麼？

謙

九三

歡樂很艱難
都需要謙道

四、豫道謙道都離不開履道

「豫」原本是一種體積特大的象，由於體積過分龐大，行動的時候，往往只看到前方，卻顧不了週遭的情況，象徵當一個人逢到很大的喜樂時，常常情不自禁地表現出來，忽略了他人的感受，因而造成無意的傷害。但是受傷害的人，並不能體諒和包容，若是因此引起反感，產生排拒，甚至於招來破壞，豈不是樂極生悲？我們常說得意忘形，便是預先做出的警戒。得意是好事，忘形卻很危險。

然而，人生追求快樂，也是正當的目標，不能因為他人的感受，便強行壓抑，或者以苦修為樂。在這種樂不是、不樂也不是的兩難情況下，應設法走出一條健康、安全、正當的豫道。既不能逃避逸樂，自甘勞苦；也不必猶豫不定，造成自己的不安。易經將豫卦（䷏）安排在謙卦（䷎）之後，即在提醒大家，先修好謙德，再來享受喜樂，應該比較安全。知謙而後能豫，實際上能謙必能豫，否則便是不謙。

豫道和謙道，都離不開履道。履卦（䷉）一陰五陽，陰性向下，履六三不當位，又是陰爻居陽爻之上。幸有履九五能以公正的態度，光明的遠景，使下卦能心悅誠服，接受九五的指引和領導。豫卦（䷏）利建侯行師，主要是豫六五心胸廣闊，肚大能容，使九四剛健的勢力，能順應眾人的意願，和順喜樂地實行。謙卦（䷎）君子有終，到了上爻至極，仍然具有中正和平的德性，實在是履行得貫徹始終。易經言行兼顧並重，光說道理並不能收到實際的效果，必須確實履行，並且行之以禮，才能履險如夷，平安順適。

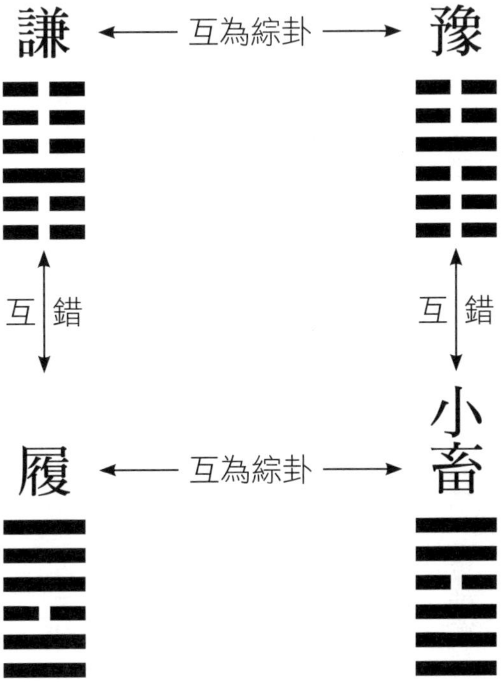

即使明白道理，也還是要親自實踐體悟。

五、履卦象數理的初步認識

履卦（䷉）的象，是上天下澤。天在上運行，澤在下流動，這是自然的景象。我們從上天下澤，各有定位的現象，體會到社會人事，也有類似的情況：地位適當，上下和順。倘若人事現象符合自然景象，應該是良好的現象。

履卦的數，除了錯卦為謙（䷎），綜卦成小畜（䷈）之外，其中任何一爻產生變化，就會變成不同的卦。譬如初九變成陰爻，即成為訟卦（䷅）。九二變成六二，便是无妄卦（䷘）。六三變成九三，即成為乾卦（䷀）。九四變成六四，那就是中孚卦（䷼）。九五變成六五，便是睽卦（䷥）。而上九變成上六，即為兌卦（䷹）。這種變化，稱為階升法。由初爻到上爻，逐一變化上去，每一卦都可以變成其它六個卦。而且每變一次，都產生新卦的錯卦和綜卦。譬如訟卦（䷅）錯卦明夷卦（䷣）、綜卦需卦（䷄）。表示把訟卦的每一爻都陰陽交錯，便成為明夷卦。把訟卦上下六爻整個顛倒過來，即成為需卦。如果加上中爻互卦的變化，履卦（䷉）二、三、四為離（☲），錯卦和綜卦都是坎卦（☵）。三、四、五爻為巽（☴），錯震（☳）綜兌（☱），那就更加複雜。可見易經的數，內涵甚多，變化也很大，還需要用心體會。

履卦的理，內容十分豐富。譬如以柔克剛，才能對付強暴。自慎警戒，才是危機處理的要旨。光明正大，順從民意，政治才能清明。處於基層的地位，最好老老實實，不汲汲追求名利；一旦到了高位，不能暴虐為害。總之，人生好像行走在老虎尾巴的後面，如果要做到不被老虎咬傷，便要發揮履道的智慧。

履

- 象
  - 兑下乾上。
  - 上天下澤。
  - 天在上運行，澤在下流動。
  - 各就各位，上下和順。
- 數
  - 錯卦為謙，綜卦為小畜。
  - 初爻陽變陰，成為天水訟。
  - 二爻陽變陰，即成天雷 妄。
  - 三爻陰變陽，便是乾為天。
  - 四爻陽變陰，成為風澤中孚。
  - 五爻陽變陰，即成火澤睽。
  - 上爻陽變陰，成為 為澤。
  - 還有其他變數。
  - （初爻至上爻）階升法
- 理
  - 以柔克剛，才能應付強暴。
  - 自慎警戒，是危機處理要旨。
  - 光明正大，順從民意，政治才能清明。
  - 處基層，老老實實。居高位，不能暴虐為害。

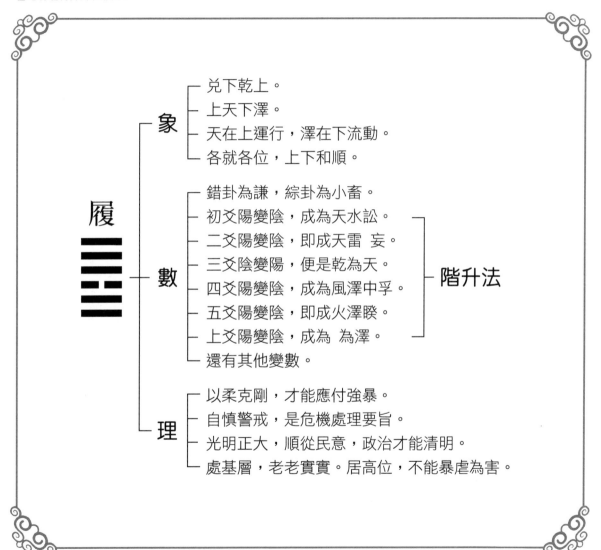

六、謙卦是豫卦和履卦核心

謙卦（䷎）錯卦為履（䷉），兩卦六爻彼此陰陽相錯，也叫做「相對卦」，或「旁通卦」。謙卦的綜卦為豫（䷏），兩卦六爻，剛好互為顛倒，又稱為「反覆卦」，或「反卦」。三卦關係密切，可以說謙卦的道理，必須透過實踐，才能深入體會，所以需要履道。倘能透過履道，確實履行謙道，必然心生喜悅，而且與眾同樂，切合豫道的要旨。謙卦本身，依階升法，可以變成地火明夷（䷣）、地風升（䷭）、坤為地（䷁）、雷山小過（䷽）、水山蹇（䷦）、艮為山（䷳）。豫卦也可以變成震為雷（䷲）、雷水解（䷧）、雷山小過（䷽）、坤為地（䷁）、澤地萃（䷬）、火地晉（䷢）。履卦按階升法，也可以變成天水訟（䷅）、天雷无妄（䷘）、乾為天（䷀）、風澤中孚（䷼）、火澤睽（䷥）、兌為澤（䷹）。以謙卦為中心，仔細聯繫以上各卦，從象數理的連貫作用，自然獲益無窮。

階升法的意思，是一卦六爻，依照初、二、三、四、五、上的次序，由初爻開始，依次序向上升。每一爻由陰變陽，或由陽變陰，都會變成不同的卦。每一卦依階升法，都可以變成另外的六個卦。把這些卦的象數理，和原本這一卦的象數理，合起來看，也合在一起想，可以體會彼此之間的互通和互助，使卦的內涵更加充實，卦的意義更為明顯，真正應用在日常生活上，也更能得心應手。

卦的類別，除了上述錯卦、綜卦，以及階升法所衍生的卦之外，尚有其他的說法。我們以後在適當時，將逐一加以補充說明。謙卦是六十四卦的核心，也請逐漸釐清。

階升法

謙

初六變初九，為地火明夷。　六二變九二，為地風升。
九三變六三，為坤為地。　六四變九四，為雷山小過。
六五變九五，為水山蹇。　上六變上九，為艮為山。

綜為豫

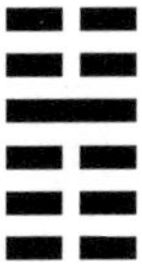

初六變初九，為震為雷。　六二變九二，為雷水解。
六三變九三，為雷山小過。　九四變六四，為坤為地。
六五變九五，為澤地萃。　上六變上九，為火地晉。

錯成履

初九變初六，為天水訟。　九二變六二，為天雷无妄。
六三變九三，為乾為天。　九四變六四，為風澤中孚。
九五變六五，為火澤睽。　上九變上六，為兌為澤。

我們的建議

1 我們喜歡說「快樂」，其實快樂就「快不樂」，並不是好現象。快樂不如順時而樂，及時行樂。時機要對，態度要正確，而方式更要求正當。傷風敗俗的樂，不但敗壞社會風氣，而且自己很快就會承受樂極生悲的惡報。

2 喜樂是人生的解藥，可以預防和治療許多病痛，但是時機不合宜、方式不恰當、他人的觀感不愉快，都足以產生反效果，不但不是解藥，有時候反而成為了惡藥。一般人不在乎，有好機會、好建樹的人士，應該小心才是。

3 易經各卦，都有象、數、理的聯繫關係。象指自然景象，數為數量的多寡和成份的變化。現代把象稱為現象，將數叫做數據，依據現象和數據，推論出背後的道理。

4 各卦卦辭，大多象數理合一。譬如履卦（䷉），把人生想像為行走在老虎尾巴後面的歷程。稍為不小心誤踩老虎尾巴，後果便會不堪設想。防患之道，即在柔履剛。

5 每一卦六爻，各有爻辭，通常也是象數理並重。譬如豫卦六三，一陽出於地上，以陰爻居下卦之上，象徵才弱而志剛，又與卦主九四爻接近，因而容易傲下媚上。

6 今後不論玩賞那一卦，最好都能夠分別由象、數、理三方面，尋求其中的脈絡，探索其中的究竟，以期更深一層認識卦象和易理，做到真正的「心中有數」。

結語

現代人寧可相信制度，不敢相信人。若不是無知，不明白「徒法不能自行」的道理，不知道一切制度的訂定、執行、考核和修訂，完全在人，便是對自己失去了信心——因為對他人缺乏信心，而說這種話的人，自己也是人，當然是對自己也喪失了信心，實在非常可憐。這種說法，其實是長久以來，我們習慣於「人治」、「法治」對舉，因而認為「法治」不偏不倚，無私無情，當然優於「人治」。

歸根究底，就是害怕人情的濫用。只要人有感情，便有私心，有好惡，處處隨心所欲，毫無標準，怎能不令人心生畏懼，而不敢相信呢？但是，最基本的問題，仍然在人而無情，何以為人？即使有濫情，也仍存在著合理的情。有私情，也可以表現為公正無私的情。再深一層看，人世間根本就沒有「人治」和「法治」的區分，只有「人治大於法治」或「法治大於人治」的事實，可惜大家以訛傳訛，而又自以為是，天天高呼「創新」，腦袋裡卻充滿了許多錯誤的觀念，不知道也不能夠及時調整過來。其實儒家倡導的「德治」，也不過是法家的「法治」加上合理的「人情」。我們常說的「德治」和「法治」，實際上都十分重視制度，只是儒家在「法治」的基礎上，加上「立法、司法和執法，都應該憑良心」的原則，如此而已，卻讓大家爭論了好幾百年。

易經分成上下兩部分。上經重天道，以乾坤兩卦為首。下經重人道，而人道則必須重視人與人間的感情。情是什麼？是人之美者，是良心的表現。居於天人合一，我們乾脆把它名為「天良」，實際上是「天理良心的合一」。有天良，人才有資格稱為萬物之靈，憑天良，做人做事自然合乎規矩。

情的關卡，從男女兩性出發。現代人只知道盲目相信「男女平等」，卻不深一層瞭解「男女有別」的事實。男女同權，誰都不能反對；而男女性質不同，互有區別，也是不爭的實際情況，為什麼不同時列入考慮，一併重視呢？

情有親情、愛情、友情、對同事之情、對古人之情、對文化之情、對往者之情、對祖先之情、對自然萬物之情。各人的感受，實在大大不相同。現代人重視經濟生活，淪為心中只有錢而沒有情，並不是好現象。

不論如何，婚前婚後對愛情的看法，男女不一樣，則是很難避免的實情。咸卦艮下於兌，象徵少男追求少女。恆卦震上巽下，象徵結婚之後，以男為主而女為伴，便被認為是婚前婚後對愛情的反應大不相同，殊不知，若不是這樣做出階段性調整，家庭如何和睦？夫婦怎能偕老？

中國人的傳統家庭，多以夫唱婦隨為常態。倘若某一對夫婦，妻子在各方面都比丈夫高明，改為婦唱夫隨，當然也無不可。只不過這是特例，或少數的案例，不能視為常態。

這些問題，我們認為只要詳細探索謙卦的道理之後，應該能夠得到合理而有效的解決。而謙卦的錯卦是履卦，綜卦為豫卦，我們也一併加以討論，發現和天良有十分密切的關係。實際上研討易理，目的即在啟發我們的天良，因為憑天良可以使我們不憂不懼。我們的下一本書，將是『生無憂而死無懼』，敬請期待並賜教為幸。

附錄
能履謙德自然豫

一、易經謙卦六爻皆吉

謙卦（䷎）艮下坤上，從象來看，即為山在地下。我們放眼望去，山都在地上。若不如此，怎能稱之為山呢？

幸好有了卦名：「謙」。此乃聖人的智慧，使我們的想像，有了一個合理的界限，不致胡思亂想，一輩子有夢最美，卻老是睡不醒，又有什麼價值？想像力要盡量發揮，但是要有目標，有方向，最好先做出定位。

聖人把山在地下訂名為「謙」，經得起時間的考驗。幾千年來，多少人想加以改變，卻改變不了，因為無法取代。

有了「謙」的定位，我們逐漸體會山不可能在地下。因為這樣一來，便不成為山了。我們不能不深入探討，不是山在地下，又是什麼呢？原來是地中有山。還是一座山，卻躲到地底下去，讓人家看不出來。現代稱為低姿態，低調，其實就是謙恭禮讓、謙虛和平的心態。

現代科技發達，我們發明了強有力的推土機和挖土機，使我們更加敬佩聖人的高明智慧。推土機一來，把整座山都推掉。挖土機一來，將整座山挖空。只有躲到地底下去，使人無法查覺，就算真的要推要挖，也找不到著力處，不知從何處下手。山再高矗，和大地比較起來，畢竟還是小的。山想躲，躲到哪裡？說起來也只有大地，能容得了山。

我們常常覺得山很高大，相對地認為地很卑下。實際上天地之間，只有地包得了山，而山卻包不了地，可見我們的看法和想法，往往見得正確，卻不幸經常自以為是。

地比山大，並不是最大的。因為只有天能包地，地卻包不了天。很多人不服天尊地卑的道理，便是沒有注意到易經「扶陽抑陰」的用意。乾坤同等重要，憑什麼乾卦排在前面？天地同等重要，也同時並存，然而如果沒有天上的日月星辰，帶給大地光明，提供空氣和水，大地又有什麼用處？天容納大地，卻毫不言語，完全不自誇，也不居功。地包容山，也沒有自大的表現。山在地中，更是沉默不語，安靜地潛修，這種狀態，不就是謙的表現？

自然狀態，呈現大的容納小的。為人處世，是不是也應該謙和、容讓、互相敬重，不自誇自大呢？天、地、山都如此謙卑，人又怎麼可以例外？所以謙卦六爻皆吉，成為易經的核心。我們從卦象，很容易看清楚、想明白。

二、謙卦錯履綜豫有定數

從數來看，地山謙卦（䷎）的錯卦，是天澤履（䷉）。上天下澤，一切都是透明化，把人的所言所行完全暴露無遺。我們常說天知、地知、你知、我知，又說紙包不住火。如要人不知，除非己莫為。現代科技發達，各種偵查、追蹤、攝影、紀錄儀器，完全是天澤履的現代化。想想天在上運行，澤在下流動，人呢？在天下澤上之間，是不是上下通透，被照耀得無所遁形呢？凡走過的，必留下痕跡。我們怎麼能夠不履行諾言，不以禮待人呢？

履卦兌下乾上，乾剛兌順，象徵上剛下順。表現在人的態度上，便是內方外圓，謙恭和順。履卦的錯卦是謙，履謙兩卦互補，關係十分密切。

謙卦的綜卦，是雷地豫（䷏）。澤中有雷，若是衝不出來，只好隨著流水震動，以等待時機。倘若雷出地奮，那就不一樣了，雷聲振動，大地響應，充滿了安和喜樂。豫卦坤下震上，表示雷已出地，春雷帶來一片欣欣向榮的氣息。豫卦的綜卦是謙，大家為了表示對天地自然的感謝，當然要作樂崇德，配合敬天祭祖的典禮，來表現人的謙德。謙虛的人有福了——因為帶來喜樂，所以幸福。

謙卦和履卦以及豫卦的關係是必然的，稱為定數。按照易經的說法，定數是可以改變的，當然也可以不改變。至於改變或不改變，主導權在人自己。人想改變，數便可以變動。若是沒有改變的意願，當然不會改變。定數含有不定的變動，不一定包含一定和不一定，因而稱為定數。一班人按照字義的解釋，把定數說成固定不變的數，並不適宜。外國人習慣於「定就是定，不能不一定」，時常覺得中國人說話不算數，實際上只是認知不同，並非是事實所在。

易經講求由象推理，再加上各卦爻有很多變化，也都有一定法則可以依循，這就是數的研究。易經所說的數，比西方人所說的數學、數字、數量，內涵要廣泛的多。

以謙卦的中爻來看，謙卦艮下坤上，中爻六二、九三、六四互成坎卦（䷜），而九三、六四、六五則互成震卦（䷲），再和上下兩卦相互配合，可以產生五個互卦：

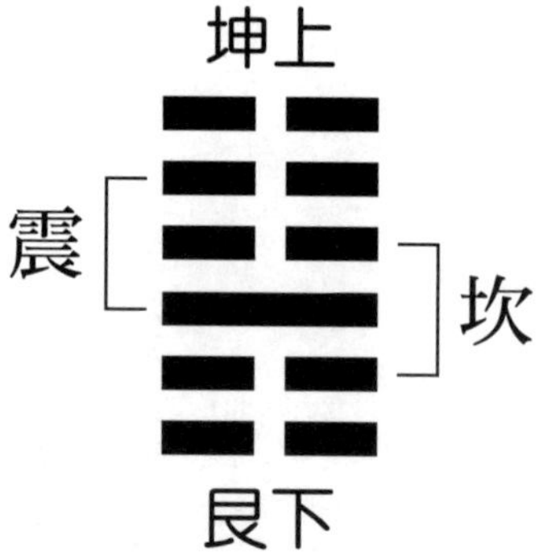

1 坤上和中爻坎，組成師卦（䷆），象徵為人師表，要具有謙德，才能領導學子走向中道。

2 坤上和中爻震，組成復卦（䷗），表示謙德良好，才能復興各種建設，恢復良好風氣。

3 中爻震和艮下，組成小過卦（䷽），象徵謙虛的人，即使有小過失，也會虛心補救。

4 中爻坎和艮下，組成蹇卦（䷦），表示就算謙德修養良好，也不能常犯小過失，以免進退兩難。

5 中爻震和坎構成上震下坎的解卦（䷧），象徵謙德良好，即使進退兩難，也比較容易獲得解決。

三、現代鼓勵競爭有違謙道

現代社會，認為競爭才能進步，組織內部更以績效考核，來激起內部成員爭強好勝之心，希望能比同儕表現得更好，甚至透過企業員工自我評鑑（Self-Appraisals），來爭取員工自己的權益。然而，吹噓自己而攻擊其他同仁，仍然屢見不鮮。和我們從謙卦彖辭所說「天道虧盈而益謙」（天的法則是減損盈滿的而增益是謙虛的）、「地道變盈而流謙」（地的法則是改變盈滿的而充實謙虛的）、「人道惡盈而好謙」（人類的法則是憎惡盈滿的而喜歡謙虛的）的想法大相逕庭，這種不近人情的做法，合乎人性管理要求嗎？我們看到員工由於績效評估的結果，弄得內心不悅，因而與同仁不能和諧相處，對組織不願意竭心盡力，又有什麼樣的感想？

我們加入人群團體，最主要的目的，並不在逞能幹，而在於補不足，但是鼓勵競爭的績效評鑑結果，卻在錦上添花，並且落井下石，是不是促使員工同仁，拚命逞能幹，卻難以補不足呢？滿招損，謙受益，難道在現代社會，真的不合乎時宜？

競爭的目的，無非在求發展。可惜我們忽略了謙卦的精神，才是真正能夠求發展的合理途徑。我們不妨依照謙卦六爻的次序，來逐一加以說明：

1 初六謙謙。初六以陰居陽位，提醒我們抱持「補不足」的心態，處處用心，虛心學習，促使自己順利地成長，才是第一要務。凡事先順從上級的指導，有什麼意見，先和其他同事，以請教的方式，多交換心得，比較妥當。把坤卦初六「履霜堅冰至」拿出來，看看自己有沒有這樣的警覺性？內心的謙卑，還要在日常生活中的舉止言行表現出來，使人樂於指教，自己才是最大的贏家。

2 六二鳴謙。六二以陰居陰位，又居下艮中爻，既中又正，表示謙謙的表現，獲得大家的欣賞。但是受到讚賞的時候，千萬不要自鳴得意，可見這裡所說的鳴，絕對不是自鳴，而是他鳴。他人發出讚賞的聲音，那是他們的事。我們最好把自鳴變成自明，自己明白只有堅持謙謙，才是正道。自己不過是柔中（六二以柔居中），並不是剛中（以陽居中，譬如九二或九五，才叫剛中），仍然需要保持柔順的身段，圓通而不圓滑，以便順利走下去。

3 九三勞謙。做的前半段，好比登山。一步一步往上爬。好不容易看到山頂將近，會不會一陣歡呼，認為接近終點，可以坐下來休息，以致功虧一簣呢？來到山頂，一方面要記住：大家都在看自己有什麼反應？一方面是自己更應該向遠處看，山外有山，一山更比一山高。往後的走的路，還長遠的很，於是更加謙虛，絲毫不敢「發洩一下自己的滿足感」，而且沒有壓抑、造假、虛偽的心態。

4 六四撝謙。先前初六、六二、九三，由於九三的目標明顯，相當於做人有個目標，多少帶一點勉強，給自己一些壓力。經過九三的勞謙，有貢獻並不驕傲，有成效並不自誇，應該可以過「有山卻似無山」的自在生活。謙虛不再是禮貌，既不做給別人看，也不做給自己看，而是自自然然，好像本來就這樣。一路柔到底，還能夠不覺得有什麼不如意，豈不是「雖有才華，並不以才華傲人」的美德？充分發揮謙德，卻及時提醒自己，六四不過是起步，必須發揮自己的柔性。

5 六五護謙。六五居上坤中位，是柔中，有謙的美德，卻不以謙德自居。只認為自己是謙德的維護者，希望由於自己的重視謙德，能夠充分產生影響力，使眾人樂於參照實施，共同發揚謙德。倘若遇到不重謙德的人，還要不惜假以顏色，使其由不服而服。富而好禮，貴而不驕，一旦成為領導者的風範，相信必能蔚為良好的社會風氣。想想看，如果六五變成九五，是不是成為寸步難行的蹇卦（䷦）？所以依謙道看，謙的六五比九五更有成效。

6 上六鳴謙。六五維護謙道，多少還有一些保護自己的味道。現在已經過了老大的階段，來到全卦的頂端，成為謙道的大老，此時不鳴，更待何時？這時候鳴謙，既不是維護自己的權益，吹噓自己的謙德，反而是站在大眾的立場，宣揚謙道的可貴，當然可以放心地鳴了。不是自鳴得意，而是憑藉自己的聲望，來喚醒大家重視謙道。通常物極必反，來到上爻，不是高亢便是引起衝突，唯有謙卦上六，能夠放心地鳴謙，是不是很難得呢！

四、謙德不修後果實在堪慮

謙卦初六倘若變為初九，形成明夷卦（䷣）。表示光明沒入地中，一片黑暗，象徵一開始就不能謙虛禮讓，就算有能力、有抱負，恐怕也沒有光明的前途。

六二若是變為九二，就成為升卦（䷭）。表示剛直中正，如果獲得上級賞識和支援，很可能有大的進展。象徵身處明夷的情況，必須艱惡奮鬥，才能獲得上級的賞識。

九三變成六三，那就成為坤卦（䷁），表示擺脫謙卦下艮的自我限制，勞得不覺得有勞，有卓越貢獻卻認為原本應該如此，不就等於提早完成艮謙，進入坤謙的境界了。

六四倘若換成九四，就變成小過（䷽）。表示進入坤謙之後，有時難免犯小過錯，也不需要太難過。只要善補過，並且不再重犯，也就無損於謙德。人非聖賢，不必要求自己太高，以免喪失人性。

六五若是變成九五，豈不成了蹇卦（䷦）？謙德再好，如果自持剛中，也可能遭遇寸步難行的窘境，此時反身修德，應該是最有效的方式。自反、自覺，求賢相助，大多可以避免兇難。

上六變成上九，那就成為艮卦（䷳），表示坤謙修不好，只能退而求其次，做到艮謙了。苟能因時而止，隨時而行，凡事配合時宜。就算不能從心所欲而不逾矩，應該也能夠動靜咸宜了。

謙卦艮下坤上，爻變所產生的各卦，綜合研究起來，至少有三個要點，分述如下以供參考：

1 人有欲望，不能也不必禁止。反而應該合理地求取滿足。只要謙虛、謙恭、謙讓，不必與他人競爭，但求自己天天有一些進步。也就是表現得受大家歡迎，不惹人厭惡，才是謙道的真正發揮。謙到沒有表現，其實不夠資格說謙虛。乾脆承認無能，更加符合實情。

2 現實生活，不可能不競爭，但是一定要憑良心，堅持公正的原則。別人怎麼樣？不關我們的事。不能由於大家都不擇手段，便同流合污。物以稀為貴，陽卦多陰而陰卦多陽，為什麼要向多數人看齊？慎獨，便是謹慎地選擇自己獨特的方式，不應該因稍有受害便放棄。

3 自己鳴謙，難免自鳴得意，容易造成得意忘形的結果。獲得獎賞時，興奮歡呼，與人分享快樂的效果不大，卻容易激使敵手更加發憤努力，反過來把自己打敗，豈不是更加可怕？若能以自己的聲望，呼籲大家重視謙道，並且勇於面對有失謙道的人，提出嚴厲的指責，必然會令人更為尊敬。

謙德重在實踐，履行謙道務須以柔克剛，謹言慎行。對於危急情況，必須高度警覺，預先防患。內心喜悅時，最好依循豫卦（䷏）的道理，建立良好的互動關係，彼此都樂於順應。實施獎懲時，必須態度良好，方式合情合理，並且適可而止，儘量減少不良的後遺症。

五、結語與建議

獎懲的目的，無非在激勵士氣，提高績效。但是，通常所用的方法，都偏重外來的激勵，並不符合謙道的要求。獎賞的結果，經常造成「獲得的人並不感謝，未獲得的人，心生不平」，表面上看起來，場面十分熱烈。而影響所及，則是嚴重地打擊士氣。

現代由於對人的不信任，不敢把獎懲的權力交付於人。反而相信制度，認為依據制度獎懲，比較容易服人。殊不知下列的後果，已經愈來愈惡劣：

1 獲得獎賞的人，心想自己依法應當獲得，對上級並不感激，有時還會埋怨沒有及時調整，使自己吃虧。制度化就某種角度來看，便是對人的不信任，部屬對上司不心生感激，一旦有了風吹草動，誰來多管閒事呢？

2 世界上根本沒有「公平」這回事，我們只能「公正」，實在很難「公平」。現代人喜歡把「公正、公平、公開」一口氣接連說出來，實在是不用心。泰卦（䷊）九三爻辭：无平不陂。「陂」的意思是不平，天下所有平的，其實都相當不平。海平面是弧形的，地球是圓的。主管說自己很公平，部屬聽在耳裡，卻笑在心裡。明明不公平，為什麼不敢承認，還要再三強調公平呢？不如明說「只能公正很難公平」，大家還會安慰說：「已經很公平了！」

3 公開不公開，以合理為度。一切公開化，對事情的研商、決定和執行，經常造成很大的困難。請問，一切透明化，研商時誰敢說真心話？還不是一大堆冠冕堂皇的話，比較容易自保？決定時誰贊成誰反對，也是一目瞭然，叫人如何表態？執行時剛起步，便有人為維護個人的利益而力圖阻礙。直到最後才發現事情並非自己所想，是不是已經晚了？

我們最好不要獎勵那些需要外來激勵的被動者，反而應該獎勵那些知道而又能夠自我激勵的主動者。把獎賞對象，放在能夠自我成長還要輔助他人的無私者，倘若如此，是不是不公開的效果，反而比公開更來得宏大？

默默地輔助同仁，我們又私底下加以獎勵。使其在不惹人眼紅的情況下，更加自我激勵，並熱心協助同仁。這樣的風氣，是不是更加符合謙道的要求。

關鍵在於領導者對自己有沒有信心？領導者信任自己，自然能信任幹部。在獎賞和懲罰雙方面，都賦予幹部更大的裁量權，使其更具彈性地激勵那些能夠自我激勵的同仁。組織中的大老，敢於鳴謙；老大用心維護謙道；幹部能夠發揮謙德的精神。上行下效，謙道自然盛行，自我激勵的風氣，也就逐漸形成了。

現代化的獎懲，有違謙道，屬於殺雞取卵式的激勵。必須遵循謙道，改以自我激勵為重，才能夠可長可久，有助於永續經營。

知命樂天 人生無憂

命運 DNA 密碼諮詢

人人都有 DNA，人人都有命與運。就因為人體 DNA 的排列組合互不相同，因此造就出人類迥然互異的命與運。

命，即是我們的性格。孔子說：「性相近也」，意指大家的命，其實都相去不遠。人生於世，不過短短數十載，雖然體內 DNA 排列不盡相同，卻一樣只有二十三對，其實相差無幾。

運，即是我們的習慣。孔子說：「習相遠也」，意指大家的習慣，彼此之間差異頗大。因為習的分歧，運也就大大不同。人人依其不同的 DNA 密碼，而有不同的蛋白質組成，然而，組成 DNA 的蛋白質種類繁多，因此才造就出人我之間孑然不同的運。

觀念決定行為，行為影響習慣，習慣改變命運！現在的你，正是無數的過去所累積而成；當下的結果，其實遠在三至五年前就已埋下決定性的種籽。唯有破解命運 DNA 密碼，才能改變觀念、影響決定、修正方向、扭轉人生，讓你擁有一個知命樂天的無憂人生。

曾仕強教授

易經是中國歷代君王、賢能，治理國家所依循的萬世經典；
易經闡述的是天地之間循環的道理，也就是宇宙間的自然法則。
易經在這變化萬千的總總現象之下，透過陰跟陽來解釋這些現象，
使我們能更容易了解到，事情發生的原委及如何因應之道。
決策大智慧師資班課程，就是要您深入了解易經，
並且將易經的思維融入你的生活之中，
透過易理你將會對你的人生有更宏觀的思維及發展，
易經中的智慧將助您在關鍵的決策中，做出最睿智的決斷。

國家圖書館出版品預行編目資料

人生最難得有情 / 曾仕強　劉君政 作. -- 初版
. --臺北市：奇異果子廣告行銷，2010.03
　面；　公分. --（現代易學院；6）
ISBN 978-986-85176-3-9（平裝）
1.易經 2.易學 3.研究考訂
121.17　　97019101

現代易學院 06

人生最難得有情

作　　者　曾仕強　劉君政
發 行 人　林錦燕
總 編 輯　陳麒婷
行銷企劃　邱俊清
主　　編　林雅慧
編　　輯　邱柏諭
編　　輯　邱詩瑜

發 行 所
出 版 者　奇異果子廣告行銷有限公司
地址／台北市中正區重慶南路一段57號8樓之14
電話：02-2361-1379
傳真：02-2331-5394

版　　次　2010年3月初版一刷
I S B N　978-986-85176-3-9
定　　價　新台幣300元

執行設計　方　正
設計企劃　奇異果子廣告行銷有限公司
電話：02-2361-2258
　　　0931-364364
E-mail:sebastianffff@hotmail.com

印　　刷　中茂分色製版印刷股份有限公司
電話：02-2225-2627
傳真：02-2225-2446
地址：中和市立德街26巷17弄5號3樓